判事の家 増補版

——松川事件その後70年

橘かがり

目次

Ⅰ

判事の家

増補版

——松川事件その後70年

序章

一九四九年八月十七日午前三時九分、青森発奥羽本線経由の、上り上野行き普通旅客列車が、福島駅を定刻に発車した。九両編成で六百三十人ほどが乗車した列車が、東北本線、金谷川~松川間のカーブにさしかかった時、先頭の機関車が脱線し、高さ三メートルの土手下に転覆した。続く五両も脱線し、線路上および線路脇に、ジグザグ状になって停車した。この事故により、機関士ら三人が死亡した。現場は福島駅から南に十一キロ付近、現在の福島市南部になる。

現場ではレールの継目板二枚が外され、レールを枕木に固定する犬釘などが抜き取られ、長さ二十五メートル、重さ九百二十五キロのレール一本が、線路の位置から十三メートル離れた地点に跳ね飛んでいた。

国警福島県本部捜査課の玉川正警視は、まだ暗いうちに現場に到着して、捜査の指揮をとった。現場に到着すると直ちに、線路を取り外した工具が付近に落ちていないか、捜索を指示した。やがて現場近くの田圃《でんぼ》から、バールと自在スパナが発見された。これらの工具の出所や態様には、多くの疑問が生じた。

警察は「国鉄の人員整理に対する労組の計画的犯行」とみて、国鉄労組および人員整理で解雇された者を対象に、捜査を開始した。九月十日、最初に逮捕されたのは、二ヵ月前に解雇されたばかりの、当時十九歳の元線路工手、赤間勝美《あかまかつみ》であった。赤間は労組幹部でも共産党員でもなかった。

厳しい尋問を受けた赤間は、当初は犯行を否認していたが、警視が「犯人はお前だと同僚が自供したぞ」と、虚偽の情報で誘導尋問が行われると激怒し、警察が誘導する通りの内容で、国鉄労組・東芝松川労組の関係者名を次々と挙げていった。こうして、九月二十二日から十月二十一日にかけて、赤間を含む二十人が逮捕され、「列車転覆致死罪」で起訴された。

しかしこの一連の逮捕には物的証拠が皆無であった。唯一犯行に使用されたとされるバールとスパナは、国鉄が管理している工具ではなかった。さらに、赤間をはじめ多くの逮捕者にはアリバイがあった。にもかかわらず家族の証言であるとして採用されなかった。

一九五〇年十二月六日の第一審判決は、検察の起訴事実を全面的に認め、死刑五人を含め全員有罪となった。五十三年十二月二十二日の第二審判決もまた、死刑四人を含む十七人を有罪とした。

一方、作家・広津和郎《ひろつかずお》氏らの呼びかけで、多くの文化人も加わった救援運動が、裁判の進展とともに次第に盛り上がりを見せ、「無実の者を殺すな」「公正な裁判を」といううねりが、日ましに高まっていった。

この頃、下山事件・三鷹事件・松川事件と引き続き起こった事件が、アメリカの対日占領政策の一環である「国鉄十万人削減政策」と関連して、仕組まれたものではないかという憶測もしきりに流れた。思想信条をこえた人々の支援が集まる中、一九五九年八月十日の最高裁は原判決破棄・差戻しを命じ、六一年八月八日仙台高裁は全員無罪判決を下した。

六三年九月十二日に最高裁は検察の上告を棄却、「赤間自白」の信憑性《しんぴょうせい》が否定された。実行者とされる被告のアリバイも認められ、全員が無罪となった。

裁判官S坂益雄は、一九五九年の第一次上告審判決で「謀議の証明がなくても、実行行為の証明があれば、実行行為者だけでも有罪にできる」という田中耕太郎《たなかこうたろう》長官らの少数意見を支持した。六三年の第二次上告審判決でも、多数意見の認定を批判し、「私は三対一で敗れた。しかし本当は敗れたとは思っていない」と言い切った。

現在に至るも松川事件の犯人は謎のままで、事件の真相は闇に葬られたかのようである。

第一章　一九九九年十一月　福島市松川町

冬枯れした稜線《りょうせん》に落ちかかるただれた太陽が駅舎に映えて、青い屋根瓦をどす黒い色に染めている。この駅のすぐ近くで列車転覆事故が起こり、裁判の行方《ゆくえ》が世間の注目を集めたのは、ほぼ半世紀前のことだ。

上野駅を出てしばらく走るうちに、景色は原色から中間色へと変化し、紗《しゃ》をかけたように輪郭がぼやけはじめた。家と家の間隔が広がりだし、いつのまにか四角い窓枠の中には、畑の黒々とした土だけが、空との境界線にとどくところまでつづいていた。うっすらと土の匂いのようなものが車両の中まで漂っていた。のどかではなく、荒涼だ、と亜里沙は思った。しかしそれは都会しか知らない人間の、傲慢《ごうまん》な思い込みに過ぎないのだろう。

ななめ前に座っていた初老の男が席を立った。長身で白髪の、表情に翳《かげ》りを帯びた男だった。男は数分後にトイレがある方のドアから姿をあらわした。窓の外を眺めながら通路を歩いてくる。その横顔に、亜里沙は父の姿を思っていた。

「次は松川、松川です」

車掌のアナウンスの声は妙に明るくほがらかだった。網棚からカバンを取ろうとすると、白髪の男と一瞬目が合った。温かい茶色の瞳が、かすかに微笑んでいるようだった。父親はよくああいう表情で、亜里沙のことをじっと見つめていた。そんな父親の優しい目が好きだった。感傷的になりそうな気持ちを振り払うように、あわてて席を立った。

駅を降りたのは、亜里沙のほかには猫背の中年の男が一人だけだった。男はコートのえりを立てて背中を丸め、足早に立ち去った。

五十年というのは、遠い昔だろうか、それともついこの間のことなのだろうか、と考えた。あどけない顔をした駅員や、清掃の行き届いた駅舎のどこを見渡しても、あの事件による翳りの、片鱗《へんりん》すら見られない。

改札を出て、ふり返った。ついさっきまで茜色《あかねいろ》に光っていた雲は重いグレーの層をなし、その隙間から覗《のぞ》いて見える空は深い紫に変じている。すでに薄墨色に包まれはじめた駅舎は、プレハブのちっぽけな姿でうずくまっている。まもなく、闇の色の奥に沈んでいくのだろう。

東京からわずか一時間半の距離だが、十一月の松川は底冷えがするようで、やはり数度は温度が低いようだ。亜里沙は手提げからマフラーを出して首に巻いた。

松川事件の直前に、車両転覆現場のそばで、九人の男を見かけたという証言を思い出す。証人が男たちに「お晩です」と声をかけると、彼らは「こんばんは」と答えて立ち去ったという。言葉使いからしても、男たちがよそ者だというのがわかると推測された。

今でも地元の人たちは、「お晩です」と言葉をかわすのだろうか。夕闇にまぎれて、道行く人の会話に耳をすませたい衝動にかられる。しかし暮れなずむ駅舎は人の気配もなく、ただひっそりと静まりかえっているだけだった。

駅舎の外に、まっ白い自動販売機が二台と、公衆電話のボックスがならんでいる。待ち合わせている相手はまだ来ていない。喉が渇いていたわけではなかったが、なんとなく誘われるように缶コーヒーを買った。ひとくち含んで、苦いと思った。ふだんコーヒーは飲まないのに、なぜこんなものを買ってしまったのだろう。父の顔が浮かんだ。ほとんど酒を飲まない父は、無類のコーヒー好きだった。もうひとくち飲んでみたが、やはり苦い。胃のあたりにしみるような痛みを感じ、軽い吐き気がした。缶の中身はほとんど減っていなかったが、残りを電話ボックスの裏に流した。隠して捨てたつもりだったが、液体は電話ボックスの脇から染みだしてコンクリートの上にゆるゆると広がっていく。コーヒーの茶色が、赤黒い血の色に見えた。

タイヤのきしむ音がして目を上げると、紺色の小型車が駅前の広場に入ってくるところだった。小さな駅のロータリーを、車はきれいに弧を描いて亜里沙の前に止まった。

「遅くなってごめんなさい。亜里沙さんよね」

細身のジーンズにグレーのジャケットをはおった華奢《きゃしゃ》な女が、目の前に立っていた。女は自分が走ってきたみたいに息を弾ませている。化粧っけはないが、鼻筋がとおり、目元に華やかな印象がある。

「すみません、お世話になります」

「店の仕込みをしていたの。だから」

「ぜんぜん変わりませんね、早雪さん」

「すっかり田舎の女よ。銀座なんてもう忘れてしまったわ。あなたは、少し変わった。大人になった」

早雪の視線がさりげなく亜里沙の頰のあたりをさまよう。いつまでも慣れない目の動きだった。

「車で十五分くらいなの。乗って」

扉を開けると、埃《ほこり》っぽいにおいがした。早雪は助手席に置いてあった王ねぎを入れたビニール袋を後部座席に放り投げ、シートの上を軽く叩いた。その荒っぽいしぐさに、亜里沙はほっとしていた。早雪の運転は手馴れていて滑らかだった。

「喜ぶわよ、お父さん。何年ぶりかしら」

「最後に会ったのが八四年ですから、十五年です」

「そんなに経つの。バブルの前で、銀座も赤坂も六本木も……、毎晩がお祭りだったわよね」

銀座も赤坂も六本木も、という言葉のすぐあとについた早雪の短い吐息が、亜里沙の胸をえぐった。いま目の前には、稲刈りを終えた田圃の黒い土が広がっていて、今風の、洒落《しゃれ》た名前のついた建物が、ポツリポツリと建っている。家を囲んでいる樹々は、わずかに残った何枚かの黄色い葉を飛ばされまいと、風にあらがっているみたいだった。

ハンドルを握っている早雪の顔を横目で見た。鼻の横と左頬に小さな染みが見えるが、頬の線はくずれていない。この美しい女が、きらびやかなネオンの街を手放したのが不思議に思える。

「銀座にいらしたのは、いつまでなんですか」

「九〇年よ。母が倒れたからね。未練はなかったわ。一番華やかな時代にやめたから、いやな思い出もないの。でも、この商売はやめられないのね。カラオケパブ、結構はやってるんだから」

小さくまとめた栗色の髪は薔薇《ばら》の香りがしている。あのときと同じ香水の匂い。紀尾井町のホテルのコーヒーラウンジで、早雪にはじめて会ったあのときと。

「かなり変わったわ、あの人。あっ、ごめんなさい、お父さんね。痩せたのよ、糖尿病がちょっとひどいの。もう目はほとんど見えないし。入退院を繰り返しているの。もしかすると今回の退院が最後になるかもしれない。でも記憶はしっかりしてるのよ。おじいさんの話も時々するし」

そう言ったきり早雪は黙っている。片側一車線の直線の道に、さっきからすれちがう車はない。

「あのう、父は、私のことは何も言わないのでしょうか」

「そうね、全然しないわねえ。忘れたふりしてるのよ。でもね、抽出の中には、亜里沙さんの小さい頃の写真がちゃんとしまってあるのよ。あの人の膝の上で、亜里沙さんがちょこん、て座ってる。写真屋さんに撮ってもらった写真だって」

それは、亜里沙のアルバムにも貼ってある写真だった。あのときのことは覚えている。祖父の海外出張へ同行する父親に、行かないでくれと亜里沙はだだをこねた。泣きやまない亜里沙を、父親はあの手この手でなだめすかし、ホテルで食事をした後に、そのなかの写真館で撮影してもらったものだ。出来上がった写真の亜里沙の頬には、あざがなかった。父か母が頼んで、修正をしてもらったのだろうか。或いは写真屋が気をきかせたのか。あざがなくなると、目や鼻もかわいく見えるものなのかと、幼心にかえって悲しくなり、ひどく傷ついた。

「お父さんを見ても、驚かないでね。それに、昔のことをもう責めないで。かわいそうあの人が……」

早雪の声が急に低く沈んだ。亜里沙が黙って頷《うなず》くと、早雪の頬が緩んだ。目じりに小じわが寄った。早雪と会ったときから、十五年経っても、鼻にかかったハスキーな声は変わらないが、語尾を強調するようなアクセントは、前からだったろうか。東北特有のこのイントネーションは、亜里沙にとっては懐かしいものだった。

窓の外の風景から田圃がなくなるとすぐに、小さな店が並ぶ古びた感じの商店街があり、すぐ先の細い路地を入ると、似たような赤い屋根の家が十軒ほど並んで建っていた。車は、それらの住宅の手前にある空き地に停まった。空き地の半分ほどは、十台ぐらいはあるだろう、タイヤの外れた車や、ナンバープレートが外され塗装の剝げ落ちた車で埋まっている。修理され中古車として売られてゆくのだろうか、それとも鉄屑《てつくず》になるのだろうか。

車から降りようとすると、足元に大きな水溜まりがあった。跳び越えるようにして車から出た。

「ごめん。へんなところに停めちゃったわねえ」

水溜まりはいたるところに広がっていて、乾いた土を選んで歩かなければならなかった。早雪は玉ねぎの入ったビニール袋を抱えて、上手に水溜まりをよけながら亜里沙の脇を抜け、二階建ての、まるで戦後史の遺物のようなアパートに入っていった。亜里沙は服に跳ねを飛ばさないように用心しながら足を運んだ。水溜まりに、木の枝だけが映っていた。見上げると、濃いグレーの背景に飲み込まれそうになって、銀杏《いちょう》の木が影絵のように空の中に沈んでいた。

モルタル吹きつけの白壁はすすけて黒ずみ、あちらこちらにひび割れが入っている。一階には三つのドアと階段、その階段わきに、伏せてある青いポリバケツと段ボールの箱が二つ重ねて置かれ、隣に泥の付いた三輪車が並んでいる。

早雪は階段をいくつか昇ったところで待っていた。

「毎日来るのよ。目がほとんど見えないでしょう、買い物にも行けないのよ、自分では。私が来ないとね、朝まで何も食べないでじっとしてるんだから」

早雪は声を潜めようともしない。亜里沙が不安げに目を泳がせるのを見て、大丈夫という意味なのか、思いきり笑顔になった。父は耳が遠いのだろうか、それともこんなことを聞かせるぐらい平気だからということなのだろうか。すぐに早雪は背中を見せて、階段を早足に上がっていった。

右端のドアの前まで行くと立ち止まってふり返った。

「今日あなたが来ることは、お父さんは知らないの。話したら、断られるような気がしたから」

「そうなんですか」

「でも大丈夫よ、親子なんだから」

亜里沙が再会を楽しみにしていると、早雪は思い込んでいるようだ。父親に溺愛《できあい》されて育った娘が、その思い出を捨てるために、どれだけ感情を切り捨ててきたか、早雪には想像もつかないだろう。

早雪は亜里沙の肩を叩くと、荷物を抱え左手の先に摑んでいた鍵をドアに差し込んだ。

「法雄《のりお》さん、来たわよ」

狭い入り口の三和土《たたき》には、履き古された革靴やサンダル、ペットボトル、空き缶を詰めこんだビニール袋が所狭しと犇《ひし》めいていた。

「またタバコ吸ってたっしょう」

早雪は顔をしかめ、手で煙を払うしぐさをした。

「タバコ臭いのよねえ。一日に二十本も吸うんだから、いまでも」

手にしていた荷物を置くと、そのまま奥まで行って窓ガラスを勢いよく開けた。玄関の横に小さなキッチンがあって、すぐに六畳の和室へつづいている。黄色くなっている畳はささくれ立っていた。小さなテレビの画面いっぱいに、何年か前に癌で死んだ男の顔が元気そうに笑っている。

テレビの前では、炬燵《こたつ》に体を半分もぐらせた老人が、寝椅子にもたれていびきをかいていた。半開きにした口から流れ落ちた涎《よだれ》が、こげ茶色の半纏《はんてん》の上に線を引いている。すぐ脇には、週刊誌や束になった新聞が散乱している。ガラスの重たそうな灰皿の横に、銀色のライターがあった。亜里沙はそのデュポンのライターに見覚えがあった。

丸の内ビルヂング。それは幼いころ、なんどか母に連れられて訪れた父親の職場だった。高い天井と大理石の床、子どものころの亜里沙にとって、西洋のお化け屋敷のように恐ろしくもあり、また興味のつきない所でもあった。

法雄が所長をしていたI法律事務所は、丸ビルの五階、エレベーターホールの右手奥にあった。廊下で話す人の声は、天井にあたって響きわたり、廊下の奥の方へ吸い込まれていった。靴音はこだまになって頭上から落ちてきた。亜里沙はそれが面白くて、わざとかかとを蹴ってスキップをした。カツンカツンという音が、幾重にも重なって鳴り響いた。廊下をずうっと歩いていくと、父親の名前の書かれた磨《す》りガラスの扉があった。扉をゆるゆると開けてゆくと、革製の椅子にもたれたチャコールグレーの背広が見えた。父はタバコを吸っていた。ふり向いた顔は、嬉しそうな表情でしわくちゃになった。

「よく来たねえ。そこのお椅子に座ってちょっと待っていなさい。パパは大急ぎでお仕事を終わらせてしまうからね」

大きな机の上には万年筆とインク壺の他に、文字のぎっしり書かれた薄紙が、黒い紐で結ばれて束になり積んであった。すぐ隣にいつも置いてあったのが、あのデュポンのライターだ。書類の中に細かな字を書き込んでいく父親の姿を、亜里沙は今でもはっきりと記憶している。

「ついこの前、炬燵の布団にこげを作ったの」

早雪の声に、亜里沙ははっとした。寝巻きの上に半纏を羽織った父の薄い肩に、早雪が毛布をかけてやっている。

「法さん、亜里沙さんよ。来てくれたんよ。黙ってて悪かったけれど、あたしが呼んだのさ」

法雄は亜里沙という言葉に反応したのか、小刻みに体をゆすった。目を開けてすぐに姿勢を正した顔は、よだれと鼻水で汚れている。早雪が手早くティッシュを取ってぬぐった。陽にやけている顔には、無数の老人斑ができている。落ち窪《くぼ》んだ眼孔の奥にある小さな瞳は、どんよりと白濁していた。焦点がどこに合っているのかわからない目は、見えてはいるのだろう、亜里沙の顔の左頬あたりをさまよった。法雄は小さく口を開いた。

「まさか、亜里沙、じゃないだろう。あざが……」

法雄は喉に痰をからませて、しばらく咳き込んだ。

「十年前に、レーザー治療を受けたのよ。あざを気にしなくてよくなったの、もう」

「亜里沙さんは結婚してね、ルポライターをしてるんですって。雑誌とかに記事を書いてるそうよ。ねえ、すごいわねえ」

早雪は屈託のない笑顔で亜里沙をふり向いた。

「いえ、それで生活しているわけではないんです。夫に言わせれば、趣味のボランティアなんです」

「まあ、ご謙遜《けんそん》ね。それでね、法さんに聞きたいことがあるんですって」

声をちょっと大きくした。やはり父は耳が遠いのかもしれない。

「聞きたいこと？」

法雄はなにを思っているのか、ゆったりと頷いている。この人の意識がしっかりしているうちに、聞くべきことを聞いてしまわなければならない。亜里沙はカバンの中から手帳を取り出した。

「H電力の裁判のこと、覚えていますか。被告のH電力側の弁護団長をやっていましたね。勝つ見込みが低いといわれた裁判で、被告側が勝訴したの。あのときのこと、もし覚えていたら何でもいいから聞かせて欲しいんです」

「Hでんりょく、べんごだん……」

法雄の視線が宙に泳いだ。視線の先を追っていくと、勲章をつけた堂々とした体躯《たいく》の男の写真が、食器戸棚の中に飾られていた。祖父の益雄の、見覚えのある写真だった。

再び咳き込んでいる目の前にいる老人の背中を、早雪がさすったり叩いたりしている。

亜里沙は二人の姿を、テレビのドラマでも眺めるようにぼんやりと見つめていた。

そもそも裁判のことを聞きに来たというのは、口実に過ぎなかった。父の落魄《らくはく》を、この目でしっかり確かめたかっただけなのだ。

「あの頃が、一番いい時だったかな」

法雄はそう言うと、また激しく咳をして、ティッシュに粘り気のある痰を吐いた。法雄の背中をさすっていた早雪が、手の動きをそのままに視線だけを亜里沙に向けた。

「ほかにお話しすることがあるんじゃないの、亜里沙さん。体のこととか、暮らしぶりとか。あんなに可愛がられて育ったのに。冷たい人ねえ、あなただってお子さんがいるんでしょう」

「亜里沙、子どもがいるのか」

法雄は驚いたように甲高い声を上げた。白濁した目に、光が灯ったように見えた。

「夫の連れ子なんです。三歳のときから育てていて、とても私になついているけれど、残念ながらあなたの孫ではないわ」

法雄の瞳からすぐに光が失せ、ぼんやりしたまなざしに戻った。早雪も軽くため息をついた。またしても残酷な言い方をしてしまったのかもしれない。変わり果ててしまった父を見ても、温かい気持ちが湧き起こってこない自分を、恐ろしいとも思った。

「そうか、子どもか。結婚して、母親になっているのか」

法雄は独り言のように呟きながら、焦点の定まらない目で亜里沙の顔を見たまま小さく頷いている。

とつぜん、早雪が低い声で嗚咽《おえつ》を始めた。

「わるいのは私なんだ。わかってるのよ、それは」

法雄の眉が、ほんのわずかにひきつった。のろのろと首を動かして、窓の外へ視線を移した。

「お父ちゃんがね、酔っぱらって、法さんのお父さんのわら人形作って、ながあい釘を打ちつけていたの、一回だけ見たことあるの。法さんのお父さんが、勲章をもらった日だったと思うの。だから銀座のお店で、法さんの名刺見たときは驚いたわ。忘れられるもんですか。だって子どもの頃から、名前をいつも聞かされていたんだから。息子さんは公害裁判で有名な弁護士になっているって。まさかその人が目の前に現れるなんて」

早雪は大きくため息をついた。法雄が早雪の方を向いて唇を動かそうとしたが、声にはならなかった。

早雪の父親も伯父も、長い間、松川事件の被告の支援運動をしていた。支援運動をしていたことから、近所の人に白い目でみられたこともあったらしい。被告全員の無罪が確定した日は、早雪の家の記念日みたいなものになった。早雪は子どもの頃から、松川裁判のことを聞かされて育った。名もない市民が力を合わせて、大きな悪を倒したんだと、死んだ父が得意そうに話していたのを思い出すという。法雄の父のことは、最後まで強硬に有罪を主張した人だと、何度も聞かされていた。

「だから、法さんに出会ったときに、法さんとその家族もずたずたにしてやろうって、思ったの。でも、実際に、私が考えていたよりもずっとずっと、みんながどんどん不幸になっちゃったのね。公害裁判の会社側弁護士なんて、血も涙もないやつと思っていたけど。似合わなかったのよ。企業弁護士なんて、この人には」

早雪はしばらく放心したような虚《うつ》ろな目をしてから、畳の上の吸い殻を指でつまんだ。

「だから、あんまり、お父さんに冷たくしないでよ。もうこれ以上法さんが苦しむの、見たくないの。もう、じゅうぶんだよ」

亜里沙には答える言葉が見つからなかった。ふいに、手帳にはさんである古い絵葉書のことを思い出し、早雪に差し出した。亜里沙がいつもお守りのように大事に持ち歩いている葉書だ。

説明もなしにヨーロッパの風景写真の絵葉書を手渡された早雪は、裏を返して怪訝《けげん》な表情になった。

「法さんの字よね。いつの手紙なの」

亜里沙はさらに二枚の葉書を出して、炬燵の上に並べた。

「一九六三年？」

消印の数字をたどってから、早雪は癖のある文字を指で押さえながら、声に出してゆっくり読み始めた。

「亜里沙ちゃん、パパはチューリッヒからイギリスに向かいます。スイスの可愛いお人形と、首飾りにできるような飴を買いました。パパは亜里沙ちゃんに早く早く会いたいです。この絵葉書のお山とお花の様に、亜里沙ちゃんも美しくなりましょう。そのためにはママの言うことをよく聞かなくてはだめですよ。東京に帰ったら、亜里沙ちゃんと郵便ごっこをして遊びましょう。世界で一番亜里沙ちゃんが大好き」

早雪の声が震えはしめた。

「祖父が国際司法会議に出席したとき、父が秘書代わりに同行したんです。そのときに、行く先々から国際郵便を送ってくれました。私は三歳で、まだひらがなもよく読めなかったので、母にせがんで何度も聞かせてもらいました」

「法さん。やっぱり親子よねえ。亜里沙さんがこんな古い絵葉書をいつも持ってるなんて。法さんが亜里沙さんのことを、一日だって忘れたことがないのと、同じよ」

早雪がもう一枚の葉書を読みはじめた。法雄は小さな背中を丸めた姿勢のまま、炬燵の上の絵葉書をぼんやりと見つめている。

「亜里沙ちゃん、パパはエジンバラでおじいちゃまと会議に出ていましたが、亜里沙ちゃんのことばかり思い出していました。エジンバラで亜里沙ちゃんにスコットランドのお人形を買いました。きっと亜里沙ちゃんが気に入ってくれるはずです。早く帰って亜里沙ちゃんとお人形遊びをしましょう」

早雪が読み終えて炬燵の上に戻した葉書を、法雄が手に取った。目の近くまで持ってゆき、字を追いながら少しずつずらすようにしている。乗り出すようにして急にふらついた法雄の体を、早雪が支えた。

第二章　一九六四年一月　世田谷松原

八年前、緑深い世田谷のこの瀟洒《しょうしゃ》な邸宅、二階建ての最高裁判事公邸に越してきたのが、まるで昨日のことのようだと益雄は思った。赤い絨毯《じゅうたん》を敷きつめた、和洋折衷の厳かな造りの二階建ての邸は、自分には分不相応に思えた。気恥ずかしく、なかなかなじむことができなかった。それと同時に、玄関で秘書や女中たちに出迎えられると、ついにここまで登りつめたかという誇らしさが、体中にみなぎったものだった。

今日は息子の法雄の嫁が、孫娘を連れてやってくることになっている。退官を控えて、ここ数日、親族や友人が次々に訪ねて来た。来客好きな益雄は、時間の許す限り多くの人と会っておきたいと思っていた。しかし客の大半は、自分に会いに来るというよりは、この邸の見納めに来るのだということを承知してもいた。

益雄は書斎の椅子に腰をおろし、さめかかった茶をすすりながら、手入れの行き届いた冬の庭を眺めた。窓の左側に、大きな松の木が立っている。自分の人生を象徴するような、見事な枝ぶりだ。右手には池があり、大きな錦鯉が泳いでいる。翳りのない、美しい庭だった。

益雄の生家は東北のつましい家だった。法律を学び判事を志したときには、自分がこのような立派な邸宅に住む身分になろうとは思わなかった。

益雄の父親は仙台の繁華街の医院で雇われ医者をしていた。さして裕福な家庭ではなかった。一八九四年（明治二十七年）、益雄はその町医者の家に、虚弱児として生を受けた。色は青黒く体は骨と皮だけのようで、生きたところでせいぜい一年か二年くらいだろうといわれていた。

父と母は、こわれものでも扱うように益雄を育てた。過ぎるほどの養生をさせてもらった甲斐《かい》あって、すっかり健康体にはならないものの、仙台の第二高校に入学したが、体格検査であやうく落とされそうになった。特に呼吸器が弱く、微熱がとれず、死の恐怖にしょっちゅう襲われた。もしも自分が死んでしまったなら、両親はどんなに嘆くだろうか。それを思うと、何としても生き抜かねばならないと思った。

白樺派の作家たちに傾倒し、仲間と共に「ＭｉＩｃｈｅ　Ｓｔｒａｓｓｅ」（天の川）という同人誌を作った。心の中に暗い影を落としていた死の恐怖から、逃れるためだったのかもしれない。文学の道に進みたいと、心から願ったこともある。しかし一人息子の自分が、文士を目指すなどと言い出すことは、到底できなかった。悩み抜いた末、生涯の仕事として、法律を志そうと決意した。

東京帝大の試験の日にも微熱に脅かされた、田舎の朴訥《ぼくとつ》な文学好きの学生が、東京帝大に合格できたのは、運も味方してくれたからだろう。虚弱な一人息子の東京帝大合格の知らせを聞いて、父はしばらく目をつぶり、母は涙をぬぐった。益雄は少しだけ恩返しができたと思った。

上京してみると、東京出身の学生たちの垢抜《あか》けた才気に驚かされた。田舎出の自分が、そこでもまた幸運に恵まれた。文学青年だったことが縁で、生涯敬愛する師である、田中耕太郎先生に引き合わせてもらうことができたからだ。

益雄は一体に先輩に敬服するたちだった。しかも少し度が過ぎることがあるのを、自身でもわかっていた。なかでも、後に最高裁第二代長官となられた田中耕太郎先生への敬意は、格別のものだった。

田中耕太郎先生と最初にお目にかかった日のことは、いまでもはっきりと覚えている。秀才の誉れ高い田中先生の御宅に、友人に連れられておそるおそる参上すると、先生は筒袖のカスリの着物姿で出迎えてくださった。怜悧《れいり》な方を想像していたが、穏やかな笑みを浮かべておられた。それでいながら、先生の周りには特別な澄んだ空気が漂っているようだった。先生の前に立つと何もかも見透かされているようで、思わず姿勢を正さずにはいられなかった。ものごとの本質をつきとめようとする魂の気高さが、何気ないしぐさや言葉のはしばしから漂ってくるような、そんな方だった。

田中先生は東京帝大を首席で卒業して内務省の官僚になったが、一年半後に辞めて帝大の助教授に迎えられた。専攻は商法で、二年間ほど欧州に留学して、帰国した翌年に教授に昇格した。近づきがたい学者のイメージがある一方で、恩師の愛娘・峰子夫人との恋を貫いた愛妻家でもあった。その後、商法から国際法、法哲学へと領域を広げ、博士号をとった『世界法の理論』は、国際的な名著といわれている。

益雄がお宅を訪問したのは、田中先生が洋行から帰って来られたばかりの頃だった。当時は留学生のみならず官吏なども、洋行すれば旅の恥はかき捨てとばかりに遊んでくるのが普通だった。しかし先生は、そんな遊びには振り向きもしなかった。美術館、博物館、音楽会、オペラと、好奇心に燃えて西欧の芸術を見歩いたという。アッシジのジオットの宗教画やマドリードのグレコのキリスト磔刑《たっけい》の図などを、こよなく愛していらっしゃった。先生の敬虔《けいけん》なカトリック観は、その頃から既に熟していたのだ。先生は文学や絵画だけでなく音楽にも精通しており、めずらしい洋楽のレコードを沢山所持していらした。そして自宅で、よくレコードコンサートを開かれた。

文学を好み、作家とも交流のあった先生は、当時、手賀沼にある高名な作家の別荘に住んでおられた。速い汽車のない時代に、遠路はるばる研究室まで通われていた。葦の生い茂る手賀沼での生活を、満喫していらっしゃるように見えた。夜に雁の鳴いて飛ぶのを聞いたことがあるよ。先生が笑みをたたえていたのを、益雄は昨日のことのように思い出す。

先生は、通勤の汽車の中では、聖書とベートーベンの研究に打ち込まれた。特にベートーベンに関しては、あらゆる書物を読んでいらした。とりわけ音楽の話となると、益雄はまったく付いてゆけなかった。レコードを聴いた後に、参加者が意見を交わすことがあり、時には白熱した議論にもなった。そんな場所では、一言も口をはさむことができなかった。無学を恥じながら、うつむいているばかりだった。それでも同席させてもらえるだけで光栄だと思った。

益雄は先生に会いたい一心で、頻繁《ひんぱん》にお宅へおじゃました。そんな益雄を、先生は何故か気に入って、いつも歓迎してくださった。

一面、先生は常に自信に満ち満ちた、野心家でもあった。「法律をやるなら、法律の世界で『カラマーゾフの兄弟』に匹敵するものを書いてみせる。音楽のほうなら、ベートーベンの『第九シンフォニー』に並ぶものを作る」

そのときの先生を、益雄はどれほどまぶしく感じたことだろう。そして先生は、まさしくその通りの仕事をなさったのだと、益雄は確信している。それが『世界法の理論』であり、最高裁での業績であった。強い信念を貫き通す方だった。

心から尊敬する人物に、一人の人間が生涯のうちにどれだけ出会うことができるだろうか。人生の早い時期に田中先生にめぐりあえたことを、益雄は幸せに思っている。判事という仕事についた後も、人生の先輩として、遥かな目標として、常に田中先生が存在していた。学校を卒業してから二十年ほどご無沙汰をしていたが、大学の教授職から最高裁の長官となられた田中先生に再びまみえ、田中長官の下で働くことができたのは、どれほどの悦びだったかしれない。

益雄は壁の一面が判例集で埋めつくされている本棚に、目をやった。判事になると虚弱な体質が嘘のように丈夫になり、人並み以上の無理がきくようになった。これまで、自分の信じる道を、熱く闘志を燃やして走り続けてきた。その生活も、まもなく終わろうとしている。退官したら弁護士として、在野の法曹として、日本の行く末をみつめてゆきたい。

いま東京は、そして日本は、この秋に開催されるオリンピックという大事業に向けて、大きく変わろうとしている。東京では道路の拡張工事がさかんに行われ、いたるところに粉塵《ふんじん》が舞い上がっている。代々木に建設中のオリンピック選手村では、まるで未来都市を思わせる総合体育館が建設されつつある。

景観ばかりではなかった。特急列車で七時間近くかかる東京から大阪は、東海道新幹線の開通によって大幅に短縮され、四時間で行けるようになる。一日の時間までもが、意のままになってゆく。人々は驚きながらも、これから迎える栄光の時代の予感に、胸を躍らせている。焼け野原だった日本が、立ち直りつつあるのだ。あるいは、もう完全に復興を遂げたと言ってもいいのだろう。これから日本は、アメリカを追いかけ、そしていずれ追い越して行くのかもしれない。日本がアメリカのような立派な大国になるのを、出来ることなら見届けたいと益雄は思った。

益雄は判例集の黒い背表紙をたどっていった。ふと一つに目がとまった。背表紙には松川事件と書かれてある。

もしも悔いが残ることがあるとすれば、それは松川事件のことだ。到底納得することのできない結果だった。あの事件が、作家・広津和郎たちの運動によって社会的な事件となり、無実を主張する世論が急速に高まったとき、田中長官は全国高裁長官・地裁家裁所長会同で訓示を行った。

「最近、一部の有職者が現在係争中の事件に関し、裁判の実質に立ち入って当否を問題にし、その結果、裁判制度そのもの、あるいは裁判官の能力や識見に疑いを抱かせ、ひいては裁判に対する国民の信頼に、影響を及ぼす恐れがあるような文章を発表していることは、非常に残念である。裁判官としては世間の雑音に耳を貸さず、流行の風潮におもねらず、道徳的勇気をもって、適正・敏速に裁判事務の処理に最善の努力を払われたい」

田中長官のこの訓示は、言論界を中心に猛烈な反発を浴びたが、益雄は、さすがに田中長官の言葉だ、とひとしきり感じ入ったものだ。しかし長官の訓示も虚しく、松川事件の判決は、結局無罪のままで消えてしまった。益雄は深い淵に突き落とされたように感じた。自分は松川事件の実行行為の場面及びその前後のいきさつを、新鮮な記録として何度も読んでおり、その場面は眼底にやきついている。それを抹殺することなどできはしない。アメリカが仕組んだことだったなどという主張が飛び出してきたところで、承服できるはずもなかった。

反共主義のタカ派。人は皆、口々にそう呼ぶ。確かに共産主義を、蛇蝎《だかつ》のごとく忌み嫌っている。何ら恥じることはない。共産主義というのは、人々の自由を奪い、破滅に導く悪しきものなのだから。

しかし裁判の判決と反共主義とが結びつくものではない。共謀関係はともかく、実行犯だけは明確にせずにおられないと心に誓ったのだ。それが裁判官の生命というものだろう。自分が世を去るときには、松川事件有罪の判決文を棺に入れて欲しいと願っている。無罪判決……、それならば、真犯人は一体誰だというのだ。

益雄は大きくため息をついた。松川事件のことを思うと、今でも体が震えるほどの憤激を感じる。

＊

「先生、絹子さんと亜里沙ちゃんがおみえになりました。応接間にお通ししてよろしいですか」

お手伝いの千恵の声で益雄は我に返った。

「書斎の方がくつろいでいいだろう。こちらにお通ししてくれ。絹子さんには紅茶を、亜里沙ちゃんにはプラッシーのオレンジジュースをもってきてください」

「先生には、温かい煎茶でよろしいですよね」

千恵の声に、絹子の笑い声が重なってきた。パタパタというスリッパの音が近づいてくる。勢いよく扉が開かれて、絹子の華奢な足首と亜里沙の小さな掌がのぞいた。

「お義父さま、遅くなって申し訳ありません」

幅広の襟《えり》とウエストのベルトが目立つ紺色のワンピースを着た絹子が、孫娘の手を握って立っていた。手には格子柄の厚手のコートを抱えている。絹子にしては地味な色目だが、生来の肌の白さをかえって際立たせているようだ。孫の亜里沙は、幼稚園の制服なのか、白いブラウスと紺のプリーツスカートという格好をしていた。菓子と茶とジュースの載った盆を持ってきた小柄な千恵が、絹子の姿をまぶしそうにみつめている。

応接間には、腰が沈むほどに柔らかなソファや、舶来の茶色いテーブル、大きな柱時計、高名な画家の描いた富士山の絵がもとから飾られていたが、その仰々しさには息苦しくなることさえあった。友人や身内のためにと、益雄は書斎の窓際にも簡素な応接セットをしつらえた。

「よくいらした。こちらの方が、お庭も良く見えて、亜里沙ちゃんも楽しいでしょう。狭いけれど、まあ、ここに腰掛けて」

「ありがとうございます。このお邸もお庭も、もう見納めですわね。亜里沙ちゃん、おじいちゃまにちゃんとご挨拶しなさい」

絹子にうながされて亜里沙がぎこちなく頭をさげた。小声で「おじいちゃま、こんにちは」と言うと、母親の隣に浅く腰を掛けた。

陽気で華やかな絹子の印象が陽なら、亜里沙は陰。敏捷《びんしょう》で動的な絹子に比べて、動作ののろい亜里沙は、何を考えているのかわからない奇妙な子どもだった。愛嬌《あいきょう》のある顔立ちをしているが、左頰のあざがその印象に翳りを与えている。ようやく生まれた一人娘の誕生に喜びながら、家族は皆、亜里沙の頰のあざに怯えた。成長したらあざを取る手術をしてやりたいと、涙ながらに語る絹子のことを、益雄は不憫《ふびん》に思った。絹子と亜里沙のために、何か力を貸してやりたかった。

よく喋る絹子の横で、亜里沙はじっと益雄の目を見つめている。そのまなざしに警戒心がのぞくように思うのは気のせいだろうか。亜里沙は幼いながら、自分のことをいつも観察しているように思えた。

「今日は松枝幼稚園の入園前の説明会でしたの。立派なおうちの方ばかりのようで、緊張いたしましたわ。でも名前を告げると、受付の事務の方が『あの裁判官のご家族の方ですね』っておっしゃるの。とたんに、とても誇らしく感じました。亜里沙ちゃん、松枝幼稚園に入れたのもおじいちゃまのおかげなのよ。良かったわね」

絹子がひとり息をはずませてはしゃいでいる。亜里沙よりも母親のほうが入園を喜んでいる。

「亜里沙ちゃん、幼稚園はどうだったかね。入園するのが楽しみだろう」

亜里沙は下を向いて口をへの字に結んでいる。しばらくして低い声でつぶやいた。

「お友だちはみんな子羊幼稚園に行くの。だから亜里沙も本当は子羊幼稚園に行きたいの」

「何を言っているの、亜里沙ちゃん。まあ、お義父さま、申し訳ありません」

絹子の額にうっすらと汗が浮いている。

渋谷の高級住宅街の一角にある松枝幼稚園は、戦後日本のエスタブリッシュメントの子弟が多く通うことで有名だった。卒園後、ほとんどの園児が都内の有名私立小学校に進学する。自分の孫が通う幼稚園として、ふさわしいところだと益雄は満足していた。

益雄は大声で笑った。

「でも松枝幼稚園は、子羊幼稚園よりも、きっとずうっと楽しいところのはずだよ」

益雄はひざまずいて亜里沙の小さな手を握ろうとした。

「子羊幼稚園には、『ロンパールーム』のみどり先生にそっくりな、優しい先生がいるんだって。だから亜里沙は子羊幼稚園に行きたかったの。松枝幼稚園の先生は、魔法使いのおばあさんみたいだもん」

亜里沙は手を後ろに回して益雄をにらみつけている。あざのかたまりが大きく見えた。四歳になったばかりの孫娘の瞳の中に、自分への反発があることに益雄は驚いた。

「まあ、おじいちゃまに何てことするの。お行儀が悪くて申し訳ありません」

絹子が腕を引っ張ると、亜里沙は口をとがらせたままうつむいた。近所の友達と違う幼稚園に行かなくてはならないのが気に入らず、それを益雄のせいと思っているのだろうか。孫娘は、どうやら絹子とは違う気質を持っているようだ。

「でもね、亜里沙ちゃん。大きくなったら、この幼稚園に入っていて良かったと思う日がきっと来ますよ。日本の将来をしょって立つような人たちと、同窓だというのは幸せなことですよ」

「本当におじいちゃまの言うとおり。亜里沙ちゃんは幸せなのよ。大きくなったら、そんな立派な人のお嫁さんになれるといいわね」

絹子は亜里沙に言いふくめるように囁《ささや》いた。益雄の方を見もせずに、黙ってストローでオレンジジュースをすすっていた亜里沙が、小声でつぶやいた。

「亜里沙はお嫁さんになんかならないもん」

絹子と益雄は驚いて顔を見合わせた。絹子は明らかに動揺している。

「おやおや。そうでしたか。亜里沙ちゃんはお嫁さんになんかならないで、沢山勉強して、立派なお仕事につくんだね。それでこそ私の孫だ。本当に頼もしい。おじいちゃまやパパの後をついで、法律の勉強をしてくれると嬉しいですね」

うろたえている絹子と不満そうな亜里沙の両方を見比べているうちに、益雄は何だかおかしくなってきた。本当におかしな孫だ。そう思いながら、益雄は絹子に向かって、優しく微笑みかけた。

「ところで絹子さん、園長先生はどんな方ですか。吉田茂夫人の姪御さんにあたる方ですよ」

「はい、存じております」

絹子はまるで面接でも受けているように姿勢を正した。

「お試験のときにはじめてお目にかかりましたが、今日は、ご挨拶だけさせて頂きました。はじめは怖い方かと思ったんですけど、笑顔がとてもお優しい方でしたわ。吉田茂様のお嬢様の麻生様もおでましでいらっしゃいました」

絹子は息を大きく吸い込み呼吸を整えた。

「幼稚園の行事を、麻生様の御宅のお庭でさせていただくこともあるそうです。園児たちが、駆けっこや、大玉ころがしをしても充分なほどの、広いお庭がおありだそうですね。わたしなどには到底わからない世界ですわ」

絹子はそう言うと小さくため息をついた。

「お母様たちと話題が合うかしらと、実は少し心配になっています」

絹子はかすかに不安げな表情をした。亜里沙がそれに気づいたのか、母の顔をじっとみつめている。絹子は娘を慈《いつく》しむようなまなざしをすると、すぐに気を取り直したのか、明るい口調に戻った。

「園長先生のお嬢様は三井家に嫁いでいらっしゃるとか。園長先生のご一族は、日本の政財界に深く結びついているって、法雄さんからいつも聞いております」

政財界という言葉を発するときに、声の調子が少し上ずった。相変わらず少し緊張している様子だった。

「通っているお子さんのご家庭も、すごくご立派なんですね。学習院と幼稚舎に毎年数多く入学できるのも、特別な教育のせいではなくて、もともとのお家柄のせいなんですね」

絹子は複雑な表情を浮かべていた。絹子の母方の実家は、戦前は爵位のある家だったと聞いているが、戦後はすっかり没落している。政財界の孫たちが集う幼稚園は、絹子にとってさぞ敷居の高い場所に映ったことだろう。

「園長のお祖父さまが牧野伸顕《まきののぶあき》伯爵で、曽祖父さまにあたる方が、大久保利通侯だというのは知っていますか」

益雄は絹子の不安をときほぐしてやりたいと思い、優しい声で話しかけた。しかし絹子はよけいに緊張したのか、あいまいな笑みを浮かべた。表情が依然として強張っている。牧野伸顕が戦前にどのような活躍をしたかなど、多分知らないのだろう。

絹子は、華やかな雰囲気をもち、服装のセンスもわるくないが、批判精神というものは持ち合わせていない。地方の旧家で育ったので、都会への憧れが強く、いつでも流行の最先端のような身なりをしている。アメリカの雑誌を取り寄せては、家の中はモダンな家具で揃えているらしかった。

法雄とは友人を通して知り合ったようだが、絹子が結婚を決めた理由の一つは、益雄の社会的な地位への憧れだったのかもしれない。法雄に連れられて大阪高裁長官邸を訪れたときの絹子は、広大な邸を見て瞬きするのも忘れたように「お義父さまは本当に偉いんですね」としきりに頷いていたものだ。

しかし益雄はこの嫁を、気に入っていた。益雄を心から信頼して、尊敬し、慕ってくる。人を憎むことを知らず、無邪気で従順だ。娘の倫子《みちこ》のような才気こそないが、人の気持ちを思いやり、場を和ませることのできる嫁だった。分相応をわきまえているので、きっと幼稚園でもうまく立ち回っていけるだろう。

息子の法雄は、脆弱《ぜいじゃく》な一面のある男だった。法曹界を渡ってゆくに必要な、冷徹さや強い意志には、いささか欠けるのかもしれないと益雄は思う。奢侈《しゃし》を好む嫁と一緒になったことが、良かったのかどうかはわからない。しかし絹子と結婚し、亜里沙が生まれてからの息子は、精力的に仕事に取り組むようになった。

「経済力がなけりゃ、妻子を幸せにできないということがわかりましたよ」

去年のことだ。ヨーロッパでの国際司法会議に同行させたとき、強くないアルコールを舐《な》めるようにしながら、法雄はそう言った。

絹子という伴侶《はんりょ》を得て、豊かでおおらかな家庭を築いて欲しい。この自由な資本主義の国のもとで、ますます繁栄を謳歌《おうか》してもらいたい。益雄は田中長官のもとで、共産主義という魔の手から国を守り、自由で民主的な国家を築くため、額に汗して働いてきたのだから。

「おじいちゃま、すっごく、大きな、カラスがいるよ」

里高い声に、益雄と絹子は窓の外に目をやった。窓に駆け寄った亜里沙が、二人の顔をかわるがわるに見ている。松の木のてっぺんにいるのは、大きな鳥だ。老齢なのだろうか、全体に毛が抜け落ち、腹のあたりはただれたように茶色くなっている。気味が悪いほどに醜い。形のよい松の木を、どことなく自分の人生の象徴のように思っていた益雄は、ちょっと不愉快な気分になった。

　そんな益雄の気持ちを察したのか、絹子があわてたように言った。

「何だかずいぶん歳をとったカラスだこと。お義父さまの大切な松の木に留まって。いやですねえ」

　しかし亜里沙は窓に顔をこすりつけるようにして、なおも観察し続けている。しわがれた声で、烏はカアカアと大きく啼《な》いた。松の木の高みからこちらを見下ろしている。首をかしげるしぐさは、まるで人間を小ばかにしているようだ。

　烏は別の枝に飛び移って、ひとしきり枝を揺さぶった。そしてひときわ高くアアと啼くと、ふんを落とした。それが芝生を汚すのを見届けてから、老烏は羽を大きくはばたかせて、ゆっくりと飛び去って行った。

「ああ、カラスさん、飛んで行っちゃった」

　亜里沙がちいさな肩を落とした。変な子どもだと益雄は思った。この子は、顔のあざと引き換えに、何か特殊な目を持たされたのだろうか。ものごとの光の部分ではなく、影の部分やほころびに興味のある子どもなのかもしれない。それは、益雄が文学への夢を捨てたときに、心の奥底へ葬り去ったものではなかったろうか。この子の本質は、自分に似ているのかもしれない、と思う。

屈託のない絹子は、法雄と共に、日本の繁栄の果実を甘受してゆくことだろう。しかし、この奇妙な孫娘はどうだろうか。亜里沙が成長した頃のこの国は、どんな姿をしているのだろう。繁栄の果てにあるのは、一体何なのだろう。この子は、そこに何を見るのか。

益雄は急に得体の知れない不安にかられた。自分が信じて進んできた道は、後世の人たちによってどのような評価をされるのだろう。しかしそれは益雄には決して見届けることのできないものだ。

第三章　一九七二年一月　麻布鳥居坂

茶色い跳び箱が亜里沙を見て嗤《わら》っている。跳び箱の大きな穴は張り裂けた口だ。どうせまた跳べないくせに、とあざ笑っている。

体育館には四つの列が出来ていて、四段の隣には六段の跳び箱、その次に七段と八段の跳び箱が置いてある。クラスメートたちは六段が跳べると七段へ、そして八段へと挑戦してゆく。それなのに亜里沙の前にあるのは、低学年用の四段の跳び箱だ。

小学校の卒業を間近に控えて、体育の飯田先生が「卒業前に全員六段は跳べるようになりましょう。できたら七段、八段にも挑戦しましょう」と宣言した。

「跳べない子も、最後まで頑張りましょう。早朝練習したい人は言って下さいね」

頬っぺたがほんのり桃色の、きれいでかっこいい飯田先生は、生徒の憧れの的だ。体育の授業は皆が楽しみにしている。でも亜里沙は憂鬱《ゆううつ》だった。低学年の頃から一段だって跳び箱を跳べたことなどないのだ。跳び箱だけじゃない。でんぐり返しも、鉄棒の前回りも、もちろん逆上がりだって、一度もできたためしがない。

「踏み台を踏んだときには、もう手が跳び箱の上に乗っている感覚でね」とか「鉄棒を握ったら手をしっかりもちかえて、勢いをつけてくるっと回転するのよ」とか、先生は指導してくれるけれど、亜里沙の手足は頭の中のイメージ通りに動いてくれない。踏み台を踏みしめて、今度こそ跳び越えられると思っても、気が付くと跳び箱の上でしりもちをついている。飯田先生が小さくため息をつくと、亜里沙はものすごく落ち込んでしまう。四段の跳び箱に挑戦しているのは、亜里沙のほかには祐子だけだ。祐子は幼稚園のときに交通事故にあって、右足を少しひきずっている。でもすごい頑張り屋で、たった一人で毎日早朝練習しているのを知っている。朝のお祈りの始まる直前に、体操服からセーラー服に着替え、すました顔で教室へ戻ってくるのだ。ガーネット色のネクタイが、少し曲がっていたりする。

練習の成果がでたのか、この頃祐子は踏み台でのジャンプ力が上がってきたような気がする。もう少しで跳べそうだ。祐子が跳んでしまうと、亜里沙だけが取り残される。それでも亜里沙は早朝練習に行く気がしない。世の中にはどんなに努力したってできないことがあるんじゃないか。そもそも跳び箱が跳べたって、そんなに嬉しいものだろうか。たとえ四段が跳べたとしても、次の五段や六段は跳べっこないのだ。早起きして練習するのも面倒くさい。だから祐子が「亜里沙も一緒に練習しない？」って声をかけてきたときには、聞こえないふりをした。

跳び箱や鉄棒だけじゃない。亜里沙には他にもできないことが沢山ある。ものすごく不器用なので、図工や家庭科も最低だった。先生の見本と同じことをしようとしても、指先がうまく動かない。はさみや針や糸を器用に使って、きれいな刺繍《ししゅう》をしている友人たちが、不思議でならない。音楽の時間も大の苦手だ。六年生になると楽器の得意な生徒たちが、運動会の鼓笛隊に選ばれる。鼓笛隊は一年生のときから憧れだった。楽器の居残り練習を続けたけれど、いくらやっても、上手に音を出すことができなかった。運動会なんて雨で流れてしまえって思ったけれど、結局友人たちの姿を、銀杏の木の陰から眺めていた。

そんな亜里沙にも、得意なことがたった一つある。それは感想文と作文だ。学校の文集に、いつも亜里沙の作文がのっかる。

「亜里沙ちゃんは文章うまいねえ」

先生や友達のおばちゃまたちにそう言われると、亜里沙の胸はドックンと鳴る。低学年の頃から誉《ほ》められ続けてきた。得意なことを誉められるのって気持ちがいい。他には何もできないからよけいに嬉しい。

「ほら、さぼっていないで、どんどん練習よ」

飯田先生の喝が入る。亜里沙は跳び箱に向かって気持ちを集中させた。何だ、こんなもの。ただの箱じゃないか。そう思って踏み台に向かってまっしぐらに走る。思い切り踏み台を蹴って跳び箱の上に乗ったときに、腕に鋭い痛みが走った。片腕を捻じ曲げた形で、亜里沙は跳び箱の上に蛙のような形で突っ伏した。

「いったぁー」

恥ずかしさと痛さが交じり合って、亜里沙は起き上がることができなかった。

「大丈夫？　どうした？　腕をねじったかな」

飯田先生が飛んできた。五段や六段を跳んでいた友人たちの動きが、止まった気がした。人のいい祐子が亜里沙のところに駆け寄ってきた。

「亜里沙、立てる？　私の肩につかまって。保健室に行く？」

祐子の肩につかまって、亜里沙は起き上がった。友人たちが同情する目で様子をうかがっている気配がする。痛みより、自分の無様な姿が恥ずかしかった。

「先生、しばらく見学させてください」

飯田先生は黙ってうなずいた。亜里沙は祐子の肩につかまったまま、体育館の隅の平行棒のところへ行った。

「サンキュ、祐子。私はもう大丈夫。しばらくここで見ているから。祐子もうすぐ跳べそうじゃん。頑張って」

祐子ははにかんだ笑顔でちいさくうなずいて、跳び箱の方へ走って行った。はずみのついた走り方だ。きっと今日中に跳びこせるのだろうな。何となくそう思う。遠まきでうかがっていた友人も、みんな自分たちのポジションに戻った。六段の子は六段に。七段の子は七段に。

八段の跳び箱に挑戦しているのは、クラスで特に運動神経のいい早苗と真由子の二人だった。脚の長いすらっとした真由子は、特にかっこいい。踏み台に向かって走り始める前に、長い髪をさっと右手でかき分ける。そのしぐさも妙に決まっている。真由子は一瞬うなずくようなしぐさをしてから、走り始める。脚が踏み台をバランスよく蹴り上げてジャンプする。ばんっという大きな音がして、長い腕が跳び箱の中心に乗った瞬間に、真由子はマットの上にきれいに着地していた。

「ナイス！」

飯田先生が拍手をして真由子のところに近づいて行った。

「やったね。その調子、その調子」

でも真由子はクールな表情をくずさず相変わらず髪をかき上げている。悔しいけれどかっこいい。同じ六年生だというのに、どうしてこんなに違うんだろう。

本当のところ、亜里沙は、学校なんて最初は行きたくなかった。頬にある大きなあざのことで、からかわれるのが怖かったから。電車に乗っていても、レストランでお食事をしていても、同じくらいの歳の子や、少し年上の人から、じっと見られたり、指をさされたりすることがあった。そばにいる大人が子どもの腕を引いてやめさせることもあったが、亜里沙はそのどっちも嫌だった。だから亜里沙は家の外へ出るのが本当は怖かったのだ。

亜里沙の通っている小学校は、鳥居坂の上にある古いミッションスクールだ。明治時代にカナダ人宣教師の建てた、女の子だけの、ちょっと気取った学校だ。入学式の朝、ゆったりとしたシルエットを描く独特な結び方で、パパがネクタイを結び直してくれた。まるで自分の入学式のように、パパははしゃいでいた。ガーネット色のネクタイをなびかせながら、パパとママに手をひかれて学校に向かうと、お年寄りの女性に遠くから微笑みかけられたり、男の人にずうっと見つめられたりもした。そのときには、ほんの少し誇らしい気持ちになった。

亜里沙がこの学校に入った理由は、パパの従姉妹がかよっていたところだからと、聞かされたことがある。その人はパパの憧れの女性だったが、結核で二十歳前に死んだらしい。写真を見せて欲しいとせがんだこともあるが、戦争で全部焼けてしまったとパパは言った。今でも覚えているなんて、一体どんな女の人だったのだろう。

それからもう一つ、パパがこの学校を選んだ理由は、リベラルな学校だからだって、聞かされた。リベラルっていうのがどういう意味だか亜里沙は良く知らない。多分自由だということなんだろう。確かに「女の子は女の子らしく」みたいなことを言われたことはない。先生たちはみんな「女の子もちゃんと勉強して、ちゃんとしたお仕事を持ちましょう」って言うし、生徒たちも「将来はお医者さんになって困っている人を助けたい」とか、「英語の通訳になって世界中の人たちとお話がしたい」とか、そんな風に言っている。こういうのが自由な雰囲気っていうものなのかも知れない。

それに、この学校へ入ってあざでからかわれたことは、一度もなかった。かげで何かを言われていたとしても、亜里沙の耳に伝わっては来なかった。みんな、あざのことは見て見ぬふりをしてくれた。意地の悪いまなざしや哀れむような視線に、学校で出会ったことはない。毎朝の礼拝で、弱い人や一番困っている人たちの立場に立って、温かく接するという教えを、生徒たちはいつも言い聞かされている。そのせいなのか、亜里沙の言うことに、みんながきちんと耳を傾けてくれるのだ。でも亜里沙が一目おかれているようなのは、もしかすると、この、あざのせいかもしれない。それからもう一つは、裁判官をしていたおじいちゃまのおかげかと思う。

先生から、おじいちゃまのことを聞かれたことがある。

「おじいちゃまのお写真が、ご本に載っているのを読みました。亜里沙ちゃんはおじいちゃまと、どんなお話をするのかしら」

なんだかいつもと違って、大人の人に話しているみたいな丁寧な話し方で、ちょっと変な気がした。そばにいたもう一人の先生が、作業の手を止めて亜里沙のほうをふり向き、目を細めた。

小学校と道路を隔てた場所には、中学校と高校と短大がある。亜里沙はもうすぐその中学へ入学する。明治の頃の有名な建築家がデザインした校舎らしくて、赤い屋根とツタの絡まる壁が、ヨーロッパの建物みたいだった。

六本木というのは不思議な街だ。毎朝、五丁目の停留場でバスを降りて、出来たばかりのロアビルの角を曲がると、空気の流れが変わる。表通りの賑《にぎ》わいが嘘のように、時間が止まったみたいにしーんとしている。鬱蒼とした木立の中に、どんな人が住んでいるか分からない洋館が、シルエットのように浮かび上がる。すると西洋のおとぎ話の世界に、入ったような気がする。戦争の前には、華族の人たちの洋館の立ち並ぶ街だったとママが言っていた。

学校を通り過ぎて鳥居坂を下ると、急に景色が変化する。そこには、お洒落な六本木の通りとも、学校周辺のお屋敷街とも異なった、ゴチャッとした下町風のお店が立ち並んでいる。

「駄菓子屋さんやお煎餅屋さんに入るのはだめ。制服着たまま買い食いなんて恥ずかしいからやめてちょうだいね」

ママにいつもきつく言われるけれど、その一角には、亜里沙の知らない世界が広がっている。駄菓子屋さんのおばちゃんは、確かに言葉使いは悪いけれど、威勢がよくって、いきいきしている。お煎餅屋さんからプーンと香ばしい匂いが漂ってくると、美味しそうで、食べてみたくてたまらなくなる。ママが買ってくる有名なお菓子屋さんのプリンもいいけれど、亜里沙にはこのお煎餅の方が美味しそうに思える。

坂の上と下に流れている空気の違いみたいなものは、小学生にだってよくわかる。だけど二つを隔てているものの正体については、まだよくわからない。先生もママも友だちも、誰も教えてはくれない。学校ができた頃には、坂の上と下の違いは、もっとずっと大きかったらしい。坂の下の人たちは、坂の上のミッションスクールに通う女の子たちのことを、どんな風に思っていたのだろうか。


亜里沙のママは色白で目鼻立ちが整って、PTAでも目立つ存在だった。いつも鮮やかな色のブラウスやワンピースを身につけている。ママが好きなのは、学校から東京タワーの方に少し歩いた、飯倉というところにあるキャンティというイタリアンレストランだ。そこには、東京のファッションリーダーといわれる人たちが集まって来て、流行を生み出しているのだと言う。

「亜里沙が大人になったら、連れて行ってあげるわ。テレビに出ている人たちや、アートの分野で活躍している人たちが、たくさん集まってくるお店なのよ」

ママはうっとりした目でそんなことを言うが、亜里沙は多分行かないだろうと思う。流行とかファッションという言葉が、亜里沙をどれだけ傷つけるかを、ママはきっと知らない。あんなにつやつやしたきれいな肌をしているママには、亜里沙の気持ちはわかりっこない。

パパは仕事が忙しいと言って、夜遅くにしか帰ってこない。長い出張に出ることも多くて、家の中はいつも静かだった。お洒落とフラワーアレンジメントが一番の関心事のママとは、会話がいつもかみ合わなかった。料理が得意で、部屋をいつもぴかぴかに磨き上げているママは、立派なお母さんだ。

でもママは本を読まない。

ママはじっさいの生活にとても満足しているから、本など必要じゃないのかもしれない。亜里沙は、本の世界のなかに現実よりももっと、はつらつとした空気を感じてしまう。そのことをパパはよく分かっていてくれる。だから本当はパパに、もっとおうちにいて欲しかった。

あまり話をする暇がないからと言って、パパは本を買ってきて、亜里沙の部屋の本棚にそっと置いて行く。朝、目が覚めて、新しい本を見つけたときには、寝ている間にパパが顔を見に来てくれたのだと、ほっとする。パパと会えなくても、亜里沙とパパは本を通して結びついている。

でも最近、パパとの間がちょっと微妙になってしまった。それは文集に載った作文をめぐってだった。

跳び箱も鉄棒もできないが、ノートの中では何でもできる。鉛筆を走らせていると、亜里沙の背中に羽がはえる。宙返りをして美しく着地を決めることもできるし、高い鉄棒の大回転だってできる。色とりどりに景色を描くこともできるし、ショパンのワルツを弾きこなすこともできるのだ。そしてなによりも、文章を書いていると亜里沙の醜いあざなどはすっかり消え去って、ママと同じように白く透明な肌の持ち主になれる。だから亜里沙は、毎日ノートに向かう。

亜里沙がパパと微妙になっているのは、文集にパパの仕事のことを書いたから。パパは公害裁判の企業側の弁護士をしている。そのことを作文に書きたいとずっと思っていた。

「田子の浦にうち出でてみれば白妙の　富士の高嶺に雪は降りつつ」

百人一首にも入っている山部赤人《やまべのあかひと》の歌をパパが教えてくれたのは、小学校三年生のときだ。パパは、田子の浦というところで起きた公害裁判の、企業側弁護士をしている。

「昔は歌に詠まれたくらい、美しい場所だったんだよね」

パパがそう言っていたのを、忘れることはできない。仕事だから引き受けているけど、やっぱり心を痛めていたのかもしれない。

田子の浦から見る富士山は、たくさんの人を魅了してきた。そんな田子の浦に、製紙工場ができた。紙を作るときには大量の燃料と水を使い、原料からの廃物が大量に発生し、水も空気も汚染される。いつの間にか田子の浦は、富士山ではなく、ヘドロの海として有名になってしまった。

パパは法律よりも小説や詩が勉強したかった人なので、山部赤人が歌に詠んだほど美しかった田子の浦が、こんな風になってしまったことに、とてもショックを受けているはずだ。でも、加害者の企業側も、当然弁護される権利があるからと、そんな風にも言っていた。そのときのパパの顔は、少し困ったように眉が八の字になっていた。

しかし最近のパパは前よりも悩んだりしなくなっているみたいな気がする。パパは今、サリドマイドという薬の薬害裁判の企業側弁護士もしている。サリドマイドという薬を飲んだ妊婦さんから、手や足に障害のある子どもが生まれたのだ。その薬の製造発売元の会社の弁護を、パパは引き受けている。被害者の子どもたちは、亜里沙とほとんど同じ年代の人たちだ。

亜里沙の顔のあざの原因はわからない。あざがなかったらどんなに良かっただろうと思う。あざを憎んでもきた。でも亜里沙には腕も足もある。たとえ運動が苦手だとしても、毎日の生活には不自由しない。それに大人になったら、あざをとる手術だって受けられるかもしれない。だけどサリドマイドを飲んだお母さんから生まれてきた子どもたちの手や足は、永遠に取り返すことはできない。

もしも亜里沙のあざが何かの薬のせいだとしたら、その会社を訴えたいと思うだろう。

だからパパに、この仕事だけは引き受けて欲しくなかった。でもそのことを言うと、パパはすごく不機嫌になる。

「亜里沙、その薬を製造販売した会社の社長さんは敬虔なクリスチャンだ。加害者にあたる人だって、辛い思いをしている。彼がどれ程苦しんできたのか、想像してごらん。被害者の立場で、子どもたちが、声高に会社を非難しているのを見るのは、いい気持ちがしないよ」

そう言われると亜里沙は何も言い返せない。だから作文に、公害裁判とサリドマイド裁判のことを思い切って書いたのだ。パパには見せずに提出したのだけれど、それが全校を代表して文集に載ってしまった。それ以来、パパは無口になった。無口になるのは、パパが怒っている証拠だ。

「こんなことを書くのは、怖い共産党の人たちよ。亜里沙がそんな怖い思想にかぶれているなんて、ママは恥ずかしいわ」

ママまでそんなふうに言う。

「亜里沙が弟みたいに、アカになったらどうしよう」

ママが電話でお友だちに話していたことがある。ママの弟は、少し前まで、学生運動とかいうものの副委員長を務めていたのだそうだ。警察の人が何度も家に調べに来たらしい。

「せっかく東京大学に入学したのに、学生運動になんか走って。そのせいで弟は、人生を棒に振ってしまったのよ」

それがママの口癖だ。共産党とかアカとか学生運動とかって、何なんだろう。ママは何に怯えているのだろうか。亜里沙にはわからない。

亜里沙の家は、はっきり言って、かなりお金持ちだ。おじいちゃまは偉い裁判官だったし、パパは大きな会社の顧問弁護士をいくつもしている。青山のお洒落なマンションに住み、学費の高い私立のミッションスクールに通い、家庭教師の先生が週に二回来てくれている。

夏休みは毎年伊豆の川奈ホテルの、海の見える部屋に泊まる。パーラーで海を眺めながらババロアを食べるひとときは、天国にいるみたいに気持ちがいい。軽井沢では万平ホテルに一週間宿泊して、別荘にいるクラスメートと合流する。緑のアーチの下で木洩《こも》れ日を浴《び》びながら、サイクリングしたり馬に乗ったりするのは、最高だなって思う。自分は普通の小学生とはちょっと違うのかなって、なんだか悪いように感じることもあるけれど、やっぱり贅沢は素敵だと思う。

月に二回はフランス料理のレストランで食事をするし、ママはたくさんお洋服を買う。

何不自由のないリッチな暮らし。その暮らしを支えているのはパパのお仕事だ。公害や薬害の被害者の人たちを苦しめた会社からもらっているお金で、亜里沙のうちの生活は成り立っている。

自分でもこのごろ嫌だと思っているのは、こんな贅沢な暮らしに慣れきっていて、手放すのをこわいと思っていることだ。作文を書いているうちに、自分の本当の気持ちがわかるような気がした。作文っていうのは、実は怖いことなんだと思う。

亜里沙の学校では、世界中の恵まれない子どもたちのために、文房具や衣類や寄付を募る活動をしている。でも、恵まれない子どもたちがどういう境遇にあるのか、本気で考えている人なんて、きっといない。自分たちの境遇がずいぶん特殊なんだということにも、ほとんどの生徒が気付いていない。お金持ちが天国に行くのは、らくだが針の穴を通るのよりも難しいって聖書に書いてあるけれど、きっと本当なんだなって思う。恵まれた生活を手放せないと思っている亜里沙だって、同じ罪なのかもしれない。

去年の冬、亜里沙のおじいちゃまが死んだ。新聞に写真つきで死亡記事が載って、葬儀には千人以上の人が参列してくれた。担任の先生がおじいちゃまのことを、みんなの前で話した。ちょっぴり得意な気分だった。

亜里沙の苗字は変わっているので、名前を言うと、「もしかして、有名な裁判官のお孫さんではないですか」と聞かれることが小さいときから時々あった。

「はい、そうです」と答えると、大人たちの表情が少し変わった。亜里沙はそれを見逃さなかった。そのたびに自分が少し偉くなったような、誇らしい気分になった。お金では買えないものを、亜里沙は生まれつきもっているのだ。顔のあざとおじいちゃまのこと、この二つが亜里沙を、普通の子どもとはどこか違った子どもにしている。


でも一週間ほど前のことだ。クラスメートの怜子からこんなことを言われた。

「亜里沙のおじいちゃまは有名な人かも知れない。けど、本当に立派な人なのかな。パパから聞いたことだけれど、あなたのおじいちゃまが有罪にこだわっていたという事件は、本当は無罪だったんだよ。無実の人たちが、死刑判決を受けて、長い間、捕まえられていたんだよ」

怜子はふだんは無口だが、時々凄いことを言う。少し皮肉屋なのであまり友だちはいない。国語と社会がすごく得意で、亜里沙はちょっと尊敬している。怜子にそんなことを言われて、絶句した。

怜子のお父さんは、大学の先生をしている。お母さんはこの学校の卒業生で、敬虔なクリスチャンの一家だった。

「え、それ何ていう事件なの。おじいちゃまのこと、本当はあまりよく知らないんだ。教えてくれる?」

怜子は口をへの字に結んだ。

「亜里沙は、そんなことも知らないんだ。お気楽だね。だからお嬢さんって言われるんだよ」

あざのある亜里沙に遠慮してか、きついことを言う人はほとんどいない。だから怜子の言葉は、よけいにこたえた。

翌日怜子が手紙をくれた。レースみたいな飾りのついた、美しいブルーの便箋《びんせん》に、少女フレンドの漫画のシールが貼ってあった。

「亜里沙へ　昨日はあんなきついこと言ってごめんね。家でパパに話したら怒られました。亜里沙が知らなくても罪ではないって。でも大人になったら、調べてみたらって。その事件の名前は松川事件と言うそうです。機関車が転ぷくして三人の方が亡くなった事件です。ある人が無理やりうその自白をさせられて、多くの人がつかまって、死刑や無期ちょう役の判決が出たらしいです。最後には全員無罪で釈放されました。亜里沙のおじいちゃまはずっと有罪と言っていたらしいよ。うちのパパは『人は人を裁けない』

なんて言います。亜里沙はどう思いますか。亜里沙は作文が得意なんだから、大人になったらそれを調べて発表したらどうでしょう。

それから、これもパパから聞いた話ですが、隣のクラスには、戦争でA級戦犯っていうのになった人の親族の人もいるそうです。その人の大叔父さんは巣鴨プリズンっていうところで、獄死したそうです。この学校には色んな人がいるんですね。その話を聞いて、何だかちょっと大人になった気分でした。なーんてね！」

丸っこくて強い字でそう書かれてあった。松川事件。そうだ、聞いたことがあった。おじいちゃまが判決文を棺に納めてほしいとまで言ったという、大変な事件のはずだ。大人になってこれを調べて発表する？　そんなことができるのだろうか。

それに怜子のお父さんの謎の言葉。「人は人を裁けない」って、一体どういうことなんだろう。それなら、おじいちゃまのしてきたことは、一体何だったのだろうか。それに巣鴨プリズンで獄死って、一体どういうことなんだろう。世の中には、まだまだ知らないことばかりの気がする。怜子の書いた丸っこい文字が、亜里沙の頭の中で、螺旋《らせん》のように回り続けていた……。

「わお〜」

そのとき歓声が湧き上がった。見ると祐子がマットの上で両手を広げて、ちょっとだけよろけたけれどちゃんと着地のポーズを取っていた。祐子が跳べた。跳べたんだ……。

「祐子、やったね」

飯田先生が祐子の肩をぽんぽんと叩いている。祐子は着地の姿勢を取ったままでぽかんとしている。しばらくしてから、目を細めてガッツポーズをした。

「わあ〜。跳べたんだね!」

祐子はべそをかいたみたいに顔を歪め、袖で目の上をこすっていた。

しばらくすると、いちばん端の跳び箱のところから、もっと大きな歓声が起きた。真由子がゆっくりと弧を描くように、八段の跳び箱をクリアしたのだ。着地もぴたっと決まった。真由子の長い髪が揺れている。

「ナイス。真由子」

「かっこいい!」

次々に声援が飛ぶ。真由子は一瞬照れ笑いをしたが、声援に気付かないかのように、すぐにまた元のクールな表情に戻って、列に並び直した。それをまぶしそうに見つめていた祐子も、姿勢を正してもう一度四段の前に立って息を整えている。

ふいに肩をぽんと叩かれた。怜子がポニーテールにした髪をはずませながら近づいてきて、亜里沙の横に座った。息をはあはあさせながら、おでこの汗をぬぐっている。

「亜里沙、大丈夫？」

「真由子かっこいいねえ。美人だし。祐子も跳べちゃって、あたしだけだよ。すぐに怪我するし」

わざとおどけて言ってみる。

「人は人だよ。それに亜里沙には、他の人には決してできないことが、できるんだから」

「えっ？」

聞き返すと怜子はもう立ち上がっていた。

「この前、言ったでしょ」

吐き捨てるようにぶっきらぼうにつぶやくと、足早に六段の前に走り去った。亜里沙はしばらくぽかんとして取り残された。

四段の前では、祐子がこちらを心配そうにうかがっている。

「祐子！　素敵だったよ」

亜里沙が大きく手をふると、祐子は左手で足をさすりながら、恥ずかしそうに笑って、大げさにピースサインをしてみせた。

第四章　一九七七年　軽井沢

雨の音がする。昨日の夕刻から降り始めた雨はついに本降りになった。夜半にはひとしきり強くなり、一夜降りあかしたようだった。亜里沙はベッドの中で、しばらく雨だれの音に耳を傾けていた。

五月の連休の軽井沢では、芽吹きのおそいコナラやミズナラも若葉をつけ、林はすっかり新緑におおわれていた。林床には青紫の可憐《かれん》なルリソウや鮮やかな紅紫のアカネスミレ、この町の花にも選ばれているサクラソウなど春の花が咲きそろい、一番美しい季節が訪れる。多くの観光客でにぎわう夏にはまだ遠いが、遠慮がちに遅く訪れた春が、一斉に花の盛りを迎えるのだった。浅間山にはまだうっすらと雪が残っている。これから新緑が山肌を駆け上がっていく。やがて山も街も、次第に緑濃く変貌していくはずだ。

少し雨が小降りになったのか、雨間にキョロン、キョロン、チーという愛らしいさえずりが聞こえてくる。これはアカハラという鳥のはずだ。名前のとおり腹が朱色の鳥で、四月中旬に春の訪れとともに渡ってくる。地上で軽やかにはねたり歩いたりしては、ミミズなどの餌をついばむ。さえずるときには梢の先に出て明るい声で鳴く。夕刻に沢で水浴びする姿を、時折見かけることもあった。亜里沙はベッドを出て、窓を開けてアカハラの姿を探すが、どこかの枝に飛び移ってしまったのか見つけることはできなかった。

「亜里沙、起きたの」

母はまだベッドの中で、寝ぼけ声を出している。

亜里沙は幼い頃から、夏に母親と一緒に軽井沢の万平ホテルを訪れている。いつもは一週間ほど滞在するのだが、大学受験を控えているので、今年の夏は予備校の夏期講習に通わねばならない。むし暑い東京の夏に耐えなければならないのはしんどいが、受験生にとって夏は天王山と呼ばれている。だからかわりに、今年は五月の連休の三日間を軽井沢で過ごすことになった。

「ママは朝食は要らないから、食べていらっしゃい」

「ご飯食べてから、そのままサイクリングに出かけるから」

「雨が降ってるでしょう」

「もう小降りよ。空が少し明るくなってきたみたい。せっかく軽井沢に来てるんだから、ホテルにいてもつまらない。明日には東京に帰らなくちゃならないんだし」

「気をつけて行ってくるのよ、東京と違ってまだ寒いんだから。ジャケットを着て、雨具も持っていくのよ」

母は相変わらず過保護だ。亜里沙は、はい、はいと適当に答えて、ジーンズとワイシャツに着替えた。バッグの中にビニールの合羽《かっぱ》を放り込んでから、そうっと部屋の扉を閉めた。

朝の弱い母は、朝食を取らないことが多い。亜里沙も大の朝寝坊で、東京では朝ごはんなんてほとんど食べないのだが、軽井沢に来ると朝からちゃんと食欲があるから不思議だ。

母は軽井沢に来ても、あまり遠出をすることもなく、ホテルのファッションショーや、街での買い物を楽しんでいる。しかし亜里沙は軽井沢では活動的になる。呼吸器が弱く、東京ではいつも咳ばかりしているが、軽井沢の空気を吸うとがぜん元気になった。友人たちと待ち合わせをして、サイクリングに出かけるのが日課になっていた。

運動の苦手な亜里沙だったが、小学校低学年の頃、軽井沢で特訓したおかげで、自転車には乗れるようになった。小学生の頃には、父も毎年軽井沢に来てくれたのだ。万平ホテルの周りの道は舗装されていなかったから、雨が降るとすぐぬかるんだ。何度も転んでは膝をすりむき、服を泥だらけにした。それでも父が根気よく押してくれたおかげで、ようやくこげるようになった。急に体がすっと軽くなったように感じると、いつの間にか自力でペダルをこいでいた。

自転車に乗れるようになると行動範囲がぐんと広がった。ゴルフのない日には父がサイクリングに付き合ってくれた。亜里沙は父親の後について、緑のアーチの中を風を切って走る。万平通りから矢ケ崎川沿いへ左折する。そこはささやきの小径と呼ばれていて、お洒落な別荘が並んでいた。ささやきの小径を抜けて右折して、大通りを突っ切りなお直進すると、六本辻と呼ばれる六差路に出る。そこから雲場の池に向かうのが、亜里沙のお気に入りのコースだった。

雲場の池は、雲場川をせき止めて造られた人造湖で、歩いて一周しても十五分くらいの小さな池だ。松の枝と竹でめぐらされた柵も風情があり、霧がかかると幻想的な場所に変わった。水鳥の憩いの場でもあり、茶褐色で頬のあたりが朱色のカイツブリ、愛らしいカルガモの親子、赤い嘴《くちばし》が特徴のバンなどがみられる。亜里沙はホテルの朝食に出たパンの耳を、ビニール袋に入れて持って来ていた。パンを小さくちぎり池に放り投げると、一斉に水鳥が集まって来る。生まれたばかりのヒナにやろうとしても親鳥に奪われてしまうことが多く、袋の中身はあっという間になくなってしまう。袋の中身が空になると、亜里沙は父に連れられて水辺を一周した。

「このつりさげられたように見えるお花はツリフネソウだよ。黄色いのがキツリフネだ。背の高いまっすぐ伸びきった紫色のお花は、多分サワギキョウかな」

父は時折立ち止まりながら、教えてくれるのだった。

そんな父と最後に軽井沢に来たのはいつだったろうか。中等部に上がってからはもっぱら母と来るようになった。父は最近ますます仕事が忙しいようだ。出張で家に帰って来ない日も多い。今一番時間をかけているのが、C電力とH電力の仕事らしい。原発を推進する仕事だった。たまたま亜里沙が自由研究で原発について調べたことがあり、その危険性について父親に話したら、こう言い返された。

「暑がりでクーラーばっかりつけている亜里沙みたいな子が、そんなこと言えるのかな。テレビや電子レンジ、食器洗い機、こういうのが使えるから、ママだって家事が楽になったんだよ。原発がなければ、日本の電力供給は立ち行かない。原発は絶対に安全なんだよ。沢山の立派な研究者が、知恵を出し合って造った原発で、事故が起こるわけがない。日本の原発は世界一安全なんだ」

父親は自信満々で、亜里沙は言い返すことができなかった。昔から公害や薬害の企業弁護士をしていたけれど、最近はロッキード事件の仕事もするようになった。ロッキード事件とは、一九七六年二月に明るみに出た、アメリカの航空機製造大手のロッキード社による、主に同社の旅客機の受注をめぐる大規模な汚職事件だった。父親はそのうちの全日空ルートの仕事をしている。父は有名な事件や大企業の顧問をしているので、知り合いから「有名な弁護士さん」なんて言われることも多くなった。でもその反面、「公害や薬害の企業の弁護をする悪名高い弁護士」って地方新聞に書かれたことがある。父親の稼いだお金でこうして贅沢な暮らしをしている亜里沙には、偉そうなことを言えないけれど、時々妙な罪悪感にとらわれるのも事実だ。

亜里沙の学校の友人たちは、軽井沢に別荘を持っている家庭が多い。軽井沢に来ると、毎年親友の祐子や怜子の別荘に遊びに行くのが習慣だった。祐子の別荘は六本辻のそばで、怜子の別荘は南原にある。

祐子は併設されている短大の保育科に進学を決めていたが、怜子は他大学を受験するために、亜里沙と共にS予備校へ通っていた。怜子は亜里沙と同じくW大学を志望していて、政治経済学部が第一志望だった。成績がトップクラスの怜子は、きっと合格するだろうと思っていた。その怜子が、去年突然、一年間の交換留学生の試験を受けて、アメリカ行きを決めてしまった。慎重な怜子は、正式に決まるまで亜里沙に何も教えてくれなかった。

「亜里沙、黙っててごめん。いろいろ考えたんだけど、アメリカの国のことが知りたくなったの。奴隷制度を廃正して人種差別をなくそうと努力してきたアメリカは立派だと思う。でもベトナム戦争のアメリカは大嫌い。だけど日本は結局アメリカの影響を免れられないんだよ。私は政治学が勉強したいと思う。それならアメリカでしばらく生活してみたいと思うようになったの。アメリカの光の部分と影の部分を、この目で確かめてきたいのよ」

学校のチャペルで、打ち明けてくれた怜子は、何だかすごく大人っぽく見えた。怜子がとほうもなく遠くに行ってしまうような気がして、寂しくてたまらなかった。

怜子のお兄さんは十二歳年上で、学生運動に関わっていたと聞いている。怜子の別荘からそれほど遠くない場所で、「アサマ山荘事件」という、山小屋に閉じこもって学生同士が殺し合いをした事件が起きた。亜里沙の父親と母親も、固唾《かたず》を飲んで、テレビ中継されていた警察との攻防を見守っていた。そのとき亜里沙は小学校の六年生で、事件の意味がよくわからなかった。でも怜子のお兄さんは、あの事件を知ってから精神状態がおかしくなってしまって、大学院もやめて入退院を繰り返しているそうだ。人一倍感受性の強い怜子は、尊敬していたお兄さんのことをいつも気にやんでいた。

怜子は「政治って何だろう」「民主主義って何だろう」っていつも真剣に考えている。だから、怜子がアメリカで勉強をしたいという気持ちは、亜里沙にも何となくわかる気がした。

「日本に帰ってきたら、また軽井沢に行こうね」

そう言って怜子は旅立って行った。親友の旅立ちを喜んであげなくてはならないけれど、小学校の時からの親友がいなくなってしまったことは、亜里沙をひどく憂鬱にさせた。軽井沢で一緒にらくやきをしたり、釣りをしたりしたのがたまらなく懐かしい。怜子のいない軽井沢は、楽しみが半減したような気がする。

何より怜子は、亜里沙があざのことで変な目で見られたりすると、いつもかばってくれる心強い味方だったのだ。怜子と同じ大学に進学できたら、どんなにいいだろうと願っていた。怜子がアメリカに行ってしまって、亜里沙は急に心細さを感じるようになった。

祐子は怜子とは全然違うおっとりしたタイプだが、芯のしっかりした優しい子だ。祐子のお祖父さんは有名な製紙会社の創業者で、六本辻から雲場の池を通ってもう少し奥へ行ったところに、広大な別荘を持っている。雲場の池を過ぎると人通りもぐっと減り、自然がふんだんに残っている。鬱蒼とした木洩れ日を浴びた洋館が祐子の別荘だ。

祐子は幼い頃の怪我の影響で、片足が少しだけ不自由だった。だから祐子と一緒に自転車に乗るときは、ゆっくり走るようにしている。祐子のお母さんは料理が得意で、亜里沙が別荘に遊びに行くと、いつも美味しい食事をごちそうしてくれる。特に祐子のお母さんの作ってくれるふわふわのフレンチトーストが亜里沙は大好きだった。温かいフレンチトーストの上に、カナダ産のメープルシロップをかけてもらうのだが、それが格別に美味しかった。

祐子には五歳年下の妹がいて、今年小学部から中等部に入学してきた。祐子のお母さんもお祖母さんも、同じ学校の出身者だった。亜里沙の通う学校には、一族が皆同窓生っていう人が多かった。学校自体が大きな家族みたいになっていて、中にいると温室みたいだけれど、外からみたら排他的に映るのではないかなとも思う。祐子の家族も典型的な学園ファミリーだけれど、祐子には傲慢なところが全然なくて、人の痛みの分かる子だった。

「私は受験はしないことにする。小さい子どもが好きだから、短大の保育科に進むことに決めたの。亜里沙は受験組で大変だけれどがんばってね」

早々と推薦を決めた祐子は、いつも穏やかに微笑んでいる。才気煥発《かんぱつ》で刺激的な怜子のようなタイプではないけれど、祐子といると気持ちが落ち着いてくる。祐子は人を安心させる子なのだ。きっと幼稚園で人気の、いい保母さんになるだろう。亜里沙は友人に恵まれて幸せだと思う。鳥居坂のミッションスクールにしても、軽井沢にしても、一部の恵まれた環境の人だけが集まる特殊な場で、世の中に出たら、亜里沙の知らないことがきっと沢山あるのかもしれない。そう考えると、大学受験のことも、ちょっと怖くなるのだった。

昨日のことだ。祐子の家のバーベキューパーティにご招待され、母親と二人で万平ホテルからタクシーを呼んだ。ホテルのボーイさんに名前を告げてタクシーを呼んでもらうと、十分ほどで松葉タクシーがやってきた。

「S坂さま　タクシーがまいりました」

ボーイさんにそう言われて母と私はタクシーに乗り込み祐子の別荘の番号を告げた。昼間に降った雨のせいで道はぬかるみ、車体は何度も揺れた。亜里沙と母親は手すりにつかまって、泥の跳ね上がる道を見ていた。

ささやきの小径を過ぎた頃だった。運転手さんがおずおずと話しかけてきた。

「失礼ですが、S坂さんというお名前のお身内に、裁判官の方はいらっしゃいませんでしたか」

ふいにそんなことを尋ねられたので、亜里沙は母親と目を見合わせた。

「はい。私の祖父が裁判官でしたが。お知り合いでいらっしゃいますか」

運転手さんはミラー越しに亜里沙と母親の顔を交互に見た。白髪交じりの穏やかそうな顔をした人だった。亜里沙のあざをじっと見たりしないので安心した。

「そうでしたか。やはり。珍しいお名前だったから、もしやと思ったのですが、やはりねぇ。お懐かしいです。三十年ほど前だったでしょうか。松川事件というのがありましてねえ。お嬢ちゃんはご存じないでしょう」

亜里沙はドキドキしてきた。松川事件。怜子が「大人になったら調べてごらんよ」と言ったあの事件だ。暗号のように時折聞かされる、あの事件だった。母の顔を見ると、頬のあたりがひきつったようになって、固く口を結んでいた。

「名前だけ知っています。運転手さんは何かご存じなのですか」

「いやいや、お恥ずかしい。若気の至りで左翼運動に関わっていました。松川支援運動というのは、左派に限らず多くの人を巻き込んで、大きなうねりをうんだ市民運動でした。ついには我々が勝ったんですよ。おじいさまは我々とは反対意見の方で……。私も若くて熱血漢でした。おじいさまのことは皆でずいぶんお恨みしたものですよ」

そう言うと運転手さんは、静かに笑い声を上げた。

「いや、もう遠い昔のことです。こんなところでご家族の方にお目にかかれるとは、懐かしいです。ふと若い頃を思い出しましたよ」

タクシーが雲場の池を通り越し、祐子の別荘前に到着した。虫除けの外灯が青白くあたりを照らしているほかは、ひっそりと静まり返っている。街の喧騒《けんそう》が嘘のようだった。

「お世話様でした」

母はそっけなく車外に出た。亜里沙は本当はもう少し話を聞きたかった。しかしそういうわけにはいかなかった。

「運転手さん、ありがとうございました。私が大きくなったら、きっといつか松川事件のことを調べますから。今はまだ何も分からないけど、大人になったら必ず調べてみますから」

亜里沙がそう言うと、運転手さんは顔中をくしゃくしゃにするほどほころばせて嬉しそうな顔になった。

「そうですか。お嬢ちゃんみたいな人にそう言ってもらえるとおじさんも嬉しいですよ。その頃にはおじさんはもう生きてないかも知れないけど、ずっと楽しみにしていますよ」

運転手さんの声も表情も温かかった。深い皺の刻まれた顔には苦労がしのばれたが、どこか明るさのある優しそうな人だった。タクシーを降りてから、亜里沙はしばらく後を見送った。


バーベキューパーティでは、東京でもあまり食べたことがないくらいに美味しいお肉が出た。それから高原キャベツにじゃがいもにソーセージ。祐子の家で出て来る料理はいつも特上のごちそうだ。母がタクシーの運転手さんの話をし始めると、祐子のママが顔を曇らせて、上ずった声を出した。

「まあ、怖い。左翼の人がタクシーの乗務員にいるなんて」

祐子のママのお父さんが製紙会社の創業者で、祐子のお父さんは婿養子に来たそうだ。元は東大を出たお役人だったが、今は会社の跡継ぎになったと聞く。祐子のママは料理や刺繍が得意で、明るくお洒落で可愛らしい人だったが、屈託がなく無邪気すぎるところがある。交通事故の後遺症で足を少しひきずっている祐子や、顔にあざのある亜里沙の方が、祐子のママよりも少し大人かもしれないと思うこともあった。

「タクシー会社の人に電話して注意しておこうかしら。軽井沢にそんな運転手がいるなんて」

ワインを飲んでいるせいか祐子のママは少し興奮した口調になった。亜里沙は焦った。

「おばちゃま、そんなことしないで下さい。あの運転手さんはとてもいい方でした。私のおじいちゃまの下した判決が間違っていたんです、多分……」

祐子のママはきょとんとした顔をしている。祐子も困ったような顔をしている。

「あら、そう。亜里沙ちゃんがそう言うならいいけれど。でもおじいちゃまのことをそんな風に言ってはだめよ。亜里沙ちゃんのおじいちゃまは、勲一等をもらったご立派な裁判官なんだから。判決を間違えるはずはないでしょう。ご先祖様や家族は大切にしなくちゃだめよ。ねえ、そうですよねえ」

そう言うと祐子ママは、同意を求めるように亜里沙の母親の方を向いた。母は肯定とも否定ともとれないような、あいまいな笑みを浮かべた。少しの間、沈黙が続いた。皆がこの話題に乗って来ないことが分かると、祐子ママは話題をがらりと変えて、軽井沢に最近新しくできたイタリアンレストランの話をはじめた。

「本格的なイタリアンのお店なのよ。パスタのメニューもワインのメニューも豊富で、とっても美味しいの。今度一緒に行きましょうね」

そう言うとほがらかに笑った。祐子ママは、きっと一生翳りを知らない人なのだろう。祐子が亜里沙の方を向いて小声で「ごめん」とささやいた。

「ママって無神経なところがあって、気を悪くしたらごめんね」

「ううん、気にしないで」

そう言いながらも亜里沙は怜子のことを考えていた。アメリカに行ってしまった怜子が、ここにいてくれたら何て言うだろう。怜子の不在がうらめしかった。

*

万平ホテルのダイニングに入ると、中庭の良く見える席に案内された。知り合いのボーイさんがメニューを持って来てくれた。

「おはよう。今日はずいぶん早いですね」

「雨の音でよく眠れなかったから。それに、昨日からちょっと考え事をしてるし」

「へえ、亜里沙ちゃんの考え事って何？　受験のこと？　それともボーイフレンドかな？」

ボーイさんにからかわれて、亜里沙は少し照れくさかった。普通の女の子ならばボーイフレンドぐらいいてもおかしくない。でも女子校で育った亜里沙は、同年代の男の子と喋ったことなどほとんどない。

「違う、違う。そんなことじゃないの。昨日、私の死んだ祖父の話を聞いてね。それでちょっと、考え込んでいたの」

亜里沙がそう言うと、ボーイさんが不思議そうな顔をして亜里沙を見つめた。中庭から柔らかな日差しがさし始めていた。

「晴れてきたみたいだから、早く自転車に乗りたいな。バナナクリームとパンケーキ。それからトマトジュースをお願いします」

ボーイさんは「かしこまりました。すぐにご用意します」と答えて、にこりと微笑んだ。

亜里沙は万平ホテルの朝食が大好きだった。薄いけれどしっとりした味のパンケーキと、甘いけどさっぱりしたバナナクリームは、毎朝でも食べたいと思うくらい好物だった。

鳥のさえずる中庭を眺めながら朝食を取るひとときは最高の時間だ。ふと詩の中に出てきた「至福」っていう言葉を思いだす。至福というのは、こういうひとときのような気がする。しかし同時に、後ろめたいような気持ちが付きまとうのは何故だろう。軽井沢に来るたびに、亜里沙は幸福感と罪悪感を、一緒に強く感じるのだった。

軽井沢の天気は気まぐれだ。夕方になったらまた雨が降り出すかもしれない。朝食が終わったらすぐに自転車に乗って出かけようと思う。雨上がりの朝の景色は、とてもロマンチックだ。自転車に乗って高原のきれいな空気を胸いっぱい吸い込みたい。そしてちょっと考え事もしたかった。

松川事件――。それが、亜里沙の大人になってからの宿題なのかもしれない。亜里沙は庭を眺めながら、そんなことを考えていた。

第五章　一九八四年七月　赤坂紀尾井町

赤坂見附の駅をおりると、最近建ったばかりの赤坂プリンスホテルの高層タワーの白壁が、陽光を映して燦然《さんぜん》と輝いていた。この街はまばゆすぎると亜里沙は思う。掌で光をさえぎるようにして、指定されたホテルニューオータニへ向かうなだらかな坂を上って行った。プリンスホテルの壁が反射して、目に痛いほどだ。

子どもの頃から夏は嫌いだった。人々が開放的になり、肌を露出するようになる夏が、亜里沙は苦手だった。コートの襟を立てて、長い髪で顔を隠すように歩いても不自然ではない冬ならば、あざもそれほどは目立ちはしない。しかし、夏場には、そういうわけにもいかなかった。全てが白日の下にさらされるような季節を、心の底からいまいましく思う。

ホテルニューオータニにあるサンローゼ赤坂というショッピング街は、一流ブランドが並んでいることでも有名で、買い物好きの母がひいきにしている宝石店がある。亜里沙は一度だけ母に連れられて行ったことがあった。ブランド物に身を包んだ美しい人たちの行きかうショッピング街に立つと、母と自分の差異をことさらに感じた。五十を超えた今でも、変わらず美しい母の隣にいるのが、いつにもまして居心地が悪かった。母がある宝石店の前に立つと、二人の店員が大げさなそぶりで出迎えた。

「まあ、お嬢さまをお連れ下さったのですね。奥様に、よく似ていらっしゃる……」

言いかけた店員の目を、亜里沙はじっと見つめた。左頬に厚く白粉を乗せた、にこりともしない若い娘を前にして、相手が困惑しているのがよく分かった。

「お嬢さまに、ぜひお薦めしたいものが、あるんですよ」

別の店員がとりつくろうように、あわててショーケースから指輪を取り出した。亜里沙の目の前にうやうやしく差し出されたのは、楕円形にカットされたピンクサファイアだった。サファイアの周りに、メレダイヤがちりばめられている、可愛らしいデザインの指輪だ。自分と同じ年頃の女性なら、間違いなく誰でも欲しくなるような、洗練された品だった。亜里沙がためらいながらもそっと指にはめると、ダイヤの粒が妖しく光った。華やかな宝石の似合う、美しい娘になりたかった。こんな指輪を、一度でもいい、恋人と呼べる人から贈られてみたかった……。

ふだんは封じ込めている暗い情念が、亜里沙の胸をよぎった。黙って指輪を外し、ガラスケースの上に載せると、カチンという無機質な音がした。亜里沙が形ばかりの礼を言うと、店員は気まずそうに顔を赤らめた。そもそもこんなきらびやかな場所は、自分にはふさわしくなかった。連れてきた母を、恨めしく思った。母に悪意がないのはよくわかる。亜里沙が年頃の娘らしく、ショッピングやデートを楽しみ、翳りのない表情で、快活に毎日を過ごしてほしいと、そう願っているだけなのだ。しかし亜里沙には、母の望んでいるようなことはできない。こんな場所には、片時も居たくはなかった。よほどのことがなければ、ここを、再び訪ねることなどなかったはずだ。

亜里沙のまぶたに、幼い日のことがフラッシュバックする。小学校から高校まで育った女子校は、ここからそれほど遠い距離ではなかった。女子だけのミッションスクールでの生活を、鬱陶しいと思ったこともあったが、今考えると、何と守られた空間だったのだろう。長い女子校生活を終えて、男女共学の大学に入った。解放感を味わうと同時に、男子学生たちの残酷な視線にさらされた。世間知らずの亜里沙は、全くの無防備だった。母親から薦められて、あざやしみを隠すことのできるファンデーションを塗るようになった。あざは確かに以前よりずっと目立たなくなったが、不自然な厚化粧が、亜里沙をかえって内気で臆病で陰鬱な女にした。

共学の大学ではじめて接した異性の視線は、予想した以上に、はるかに直截《ちょくさい》だった。瞬時に男たちが女の容貌を品定めするのがわかった。じっと見つめられると、白粉の下のあざを見透かされている気がした。そのうちに異性のまなざしが怖くなった。男性のいる場からは、できるだけ遠ざかるようになった。

音楽鑑賞の同好会で、たった一人だけ親しくなった男友達がいた。自分でもチェンバロの演奏をする彼は、バロック音楽に詳しかった。古楽器を使った演奏会に二回誘われた。帰りには会場そばのカジュアルなフレンチレストランで食事をした。穏やかな語り口が少し父と似ていた。そのせいか、いつもよりくつろいですごすことができた。楽しいひとときだった。打ち解けて話せた。

そんな彼から、同好会のマドンナと呼ばれる女性に恋しているのだと聞かされたときには、激しい衝撃を受けた。しばらく動悸《どうき》が止まらなかった。治りかけの傷を、えぐられた気がした。二度と異性に心を許すまいと誓った。それ以来同好会から足が遠のいたが、誰も亜里沙を引きとめる者はいなかった。

心を貝のように閉ざしてしまうと、同性の友人たちさえも、遠巻きにするように自分から離れていった。一人で昼食をとり、授業が終わると日が暮れるまで図書館で本を読み、そのまま、わき目もふらずに帰宅する、そんな静かな毎日。帰宅後は自分の部屋にこもって、心ゆくまで好きな音楽を聴いたり、小説を読んだりするのが、安らぎだった。自然のなりゆきで、孤独癖がすっかり身についてしまった。子どもの頃とはまるで別人格になったような亜里沙のことを、両親は心配している様子だったが、慣れてしまえば、自分ではさほど苦にはならなかった。

亜里沙の通う大学では、学生企業家と呼ばれる人たちが出現して、企業とタイアップした美人コンテストや、コンサートが開かれるようになった。亜里沙はそれを傍観者として眺めた。奇妙な光景だと思った。一昔前にこの大学で、熱い議論やデモが行われたのが、まるで嘘のようだった。学生たちは政治の話を嫌い、むしろ経済の話をすることのほうが格好良く映った。時たま政治や福祉の話をする学生は、「ネクラ」とか「ダサイ」とか言われて、遠ざけられた。民放テレビ局の打ち出した「軽チャー路線」というのが、幅広く大衆に受け入れられ、人々は軽妙で明るいナンセンスギャグに飛びついた。空前の好景気を前にして、享楽的な気分が広がっていった。真剣にものごとを考えたり、本質を探ろうとしたりすることから、人々は遠ざかろうとしていた。

三分の二ほどが優、残りは良という、まあまあの成績で大学を卒業すると、亜里沙は新宿にある中規模の旅行代理店に就職した。一流企業の就職には、成績だけではなく容姿が重視されるということを知って、はじめから試験は受けずにいた。父親のコネを使わずに就職が決まったのは、特技を身につけなければと必死に勉強した、英語の資格のおかげだった。孤独な生活も、少しは役に立つことがあると亜里沙は思った。日本の観光記事の英訳が、亜里沙のおもな仕事だった。編集部の片隅の机に、十歳ほど年上の無口な女性社員と並んで、黙々と仕事をこなした。新入社員歓迎会のとき以外は、酒の席の誘いもかからなかった。知らない間に、付き合いの悪い「ネクラな女」と噂されているようだった。しかしそんな悪口にはとうに慣れっこで、気にもならなかった。仕事を終えるとまっすぐに帰宅するのは、学生時代とほとんど変わらない。変わったことといえば、窓から見える景色が、新宿の歓楽街のネオンになったことくらいだった。

先週の土曜日の昼間のことだった。好きなバイオリンコンチェルトを聴いていると、電話が鳴った。母は外出中だった。おそらくショッピングに出かけているのだろう。居留守を使おうかと思い、鳴りやむのをしばらく待ったが、すぐにまた鳴り始める。フランス製の背もたれの付いた長椅子に腰掛け、シャギーの絨毯の上に置かれた、重々しい大理石のテーブルの片隅の電話機をみつめた。この電話機も、母が輸入家具屋でみつけたイタリア製の高価なもので、文字盤の真ん中には、天使の絵の描かれた陶板画がはめこまれている。三回、四回……。電話はやむ気配はなかった。亜里沙は仕方なく受話器を取った。

「もしもし……S坂さんで、いらっしゃいますね」

少しハスキーで、か細い女の声がした。聞き覚えのない声だった。亜里沙が怪訝な様子で「はい」と応対すると、電話の相手は、少しほっとしたようだった。

「亜里沙さん、亜里沙さんですね」

急になれなれしい口調に変わって、亜里沙は当惑した。何故自分の名前を知っているのだろうか。新種のセールスか何かだろうか。あるいは卒業した高校の同窓会の関係者だろうか。

「あの、どちらさま、でしょうか」

亜里沙が尋ねるのとほぼ同時に、女が言った。

「法雄さん、あなたのお父様に、大変お世話になっている者です。亜里沙さんのお名前は、いっつも聞いています」

亜里沙は黙った。大変お世話になっている、という言葉に、かすかな悪意がにおった。人付き合いは苦手なくせに、人の悪意に対して、亜里沙は誰よりも敏感だった。

「失礼ですが、お名前を聞かせて頂いてもよろしいでしょうか」

わざと丁寧な口調で言うと、相手は図に乗ったようにはすっぱな調子になった。

「あたしのこと、聞いたことない？　あっ、あるわけないわよねぇ。あたしは早雪って言うの。中川早雪。銀座のクラブに勤めているわ。お父様はクラブの常連なのよ。ずいぶんひいきにしてもらってます」

父が仕事の付き合いで銀座のクラブに行くというのは、時々聞かされていた。

「銀座の一流クラブの女性たちは、きれいでエレガントなんだ。銀座は一流の紳士の集う社交場だからね。亜里沙と同じ年頃の女性たちもいるが、みんなそれぞれ事情があってね。田舎から出て苦労してきた子も、いるんだよ。きれいなだけじゃ務まらない。みんな、すごく、頭もいいんだよ」

父は「すごく」というところを強調して言った。そんなものかと亜里沙は思った。そのときのことを、ふいに思い出した。常に穏やかな紳士として亜里沙に接してくれる父のことを、亜里沙は信頼していた。大学で出会った、無礼で思いやりのない男たちとは、父はまったく別種類の人間だと感じていた。

妻のことを心から愛し、わがままを許し、好きなものを買い与える父。亜里沙のことを、一人の人間として、尊重してくれる父。亜里沙はそんな父のことが大好きだった。父は、決して亜里沙のことを裏切らないはずだと、固く信じていた。

しかし……。早雪と名乗る女の声を聞いて、亜里沙は胸騒ぎがした。亜里沙の沈黙に、女は調子付いたようだった。ハスキーな声が、少しずつ早口になった。

「何だったら、お母様とお話ししましょうか。でも亜里沙さんの方が、いいんじゃないかしら。私はお父様にお手当てを頂いています。この意味、わかりますか？」

お手当て……。お手当てとは何だったろうか。小説か何かで、読んだ記憶がある気がした。亜里沙はしばらく考え込んだ。この女は父の何なのだろうか。すると亜里沙を見透かすように、女は高飛車に言った。

「あたしはお父様の愛人をしているのよ。驚いたかしら。もっともお父様には、他にも女がいらっしゃるでしょうけれど。箱入り娘の亜里沙さんには、想像もつかないかも知れないわね。お気の毒だわ。家では優しく紳士的な顔しか見せないでしょう。でも、よそでお父様のなさっていることを知ったら……」

愛人……。亜里沙はその単語をあやうく反復しそうになって、口を噤《つぐ》んだ。こんなはすっぱな話し方をする女が、父の愛人だと言うのだろうか。

グレーの三つ揃いの似合う、父の姿を思い浮かべた。父は自分のことをいつも「わたくし」といった。亡くなった祖父のことは「父上」と呼び、娘のことも呼びすてにはせず、必ず「亜里沙くん」と呼んだ。食道楽で、フランス料理のレストランでのマナーも完璧だった。

「亜里沙くん、女性はどんなときでも、エレガントでなくてはならない。エレガントでなかったら、女である意味はないよ」

父はそんなことを口にしたことがある。全て一流好みの父が、こんな安っぽい女と、一体どんな会話を交わしているというのだろうか。きっと、女の嘘に違いない。それにしても何故、こんなゆすりのような電話をかけてきたのだろうか。何か目当てなのだろう。いくら考えても、わけがわからなかった。

ロココ調の家具の並ぶきらびやかな応接間の床が、かすかに傾《かし》いだ気がした。

父は昨日から北海道へ出張に行っている。亜里沙の幼い頃から、父は留守がちだった。二週間や三週間、母と二人っきりですごすのも、決して珍しくなかった。考えてみたら、亜里沙は父のプライベートなことなど、何一つ知りはしない。

「教えてあげましょうか。お父様が、外でなさっていることを」

亜里沙は知らない人と会うのが極度に苦手だった。しかし、この女には、会わなくてはならない。母に知られる前に、自分が会わなければならない。そう思った。心臓の鼓動を気取られないように、つとめて冷静を装った。

「わかりました。あの、電話でうかがうようなお話ではないように思います。もしよろしければ、どこかで一度お目にかかれませんか」

亜里沙の申し出に、相手はすぐに乗ってきた。

「わかったわ。あたしも会いたかったのよ。法雄さんの愛娘さんに。場所は、そうね、赤坂のニューオータニの、庭の見える喫茶店あたりでどうかしら。お母様がよくお買物なさって、帰りに寄られる喫茶店よ。ご存じでしょ。いつ頃がいいかしら。亜里沙さんはお勤めなさっているのよね。そうね。来週の土曜日あたりはどうかしら。二時にニューオータニはいかが」

母の行動まで知っている女の台詞に、背筋が凍る思いだった。恐ろしかった。母を守らなければならないとも、感じていた。母は無邪気な女だが、もろいところもあるのを亜里沙はよく知っていたから。

「わかりました。来週の土曜日の午後二時ですね。必ずうかがいます」

「楽しみにしているわ。亜里沙さんの写真は何度も見せてもらったから、私は分かるはずだわ。あの喫茶店に座って待っていらして。できれば、窓側の席にね」

女はそう言うと、くぐもった笑いを残して電話を切った。

ニューオータニのコーヒーラウンジは予想通り人でごった返していた。順番待ちをする客のために用意された丸椅子にも、座りきれない人たちが、立ったままで店内を眺めている。ウェイティングリストには、十五名近い名前があった。亜里沙は舌打ちをした。土曜日の昼間にこんなところで待ち合わせをするのではなかった。天気の良い午後には、日本庭園の緑がひときわ映える。美しい庭園を眺めながら、都会のシティホテルのラウンジでお茶を飲み、お喋りをしたいと願う人間が、こんなに沢山いるのかと、あぜんとする思いだった。ただコーヒーや紅茶を飲むために、長時間待つのはうんざりだった。女は何故この場所を指定したのだろうか。

「お客様、どうなさいますか。只今ですと、少なくとも三十分はお待ち頂きますが」

困惑している表情の亜里沙をせかすように、店長と思われる年嵩《としかさ》の男が、無愛想に尋ねた。

「あ、じゃあ、結構です」

亜里沙にこだわりはなかった。あの女と話をするために無駄な時間を使いたくはなかった。どこかほかの所で、話を聞けばいい。そのときだった。後ろで亜里沙を呼ぶ声がした。店長らしき男の表情にとつぜん笑みが浮かんだ。振り返ると、黒いボタンのついたオフホワイトのスーツを着た女が、セミロングの髪を右手でかき上げながら立っていた。黒のケリー・バッグをさりげなく持ち、白の細かい水玉の描かれた黒いエナメルのハイヒールを履いている。身体も脚も、見事な曲線を描いていた。太めにくっきりと描かれた眉、長くカールしたまつげ、黒目がちな瞳、高すぎはしないが整った鼻筋、小ぶりでふっくらとしたピンク色の唇、金色のイヤリングの似合う形のいい耳、そして陶器のように質感のある肌。完璧に美しい女が、はじけるような若さをたずさえて、目の前に誇らしげに立っていた。

亜里沙の前では慇懃《いんぎん》無礼と言ってもいい態度を見せていた、店長らしき男の目元が一変していた。だらしなく頬を緩めた表情には、亜里沙はこれまでに幾度も見覚えがあった。それは美しい女を見つめるときに示す、男たちの共通の表情だった。

「中川様、お待ちしておりました。こちらにどうぞ」

女王に仕える召使のように、男はオフホワイトのスーツ姿の女を、うやうやしくエスコートしていった。順番待ちをしている人たちのことなど見向きもせずに、女は背筋をのばし、堂々と歩いて行った。歓談している客たちが、話をやめて女に見とれるような視線を投げた。亜里沙はあっけにとられながらも、女の後をついていかざるをえなかった。順番待ちの客たちの視線が突き刺さった。有無をいわせぬほどの美貌を持った女の後ろを、小走りに追いかけて行く垢抜けない自分の姿が、たまらなく恥ずかしかった。

亜里沙の目の前で、二人のウェイターが小声で囁きあうと、窓側の一番はじのカーテンで陰になっているところに、小さなテーブルと椅子が慌ただしくセットされた。

「予約を、なさっていたのですか」

あっけにとられた亜里沙が挨拶も忘れて質問すると、早雪はきれいな脚をななめにして、長い髪の毛先を指でかき上げながら、さらりと答えた。

「予約？　そんなものしたことないわ。いつもこの席に通してもらえるのよ。わたしの専用席なのかしら」

女が小さく笑うと、強い香りが亜里沙の鼻腔をくすぐった。バラ園でかいだことのある、濃く甘い薔薇の香りだった。

亜里沙は向かい側に座る女の姿を凝視した。整った顔立ち、手入れの行き届いたたっぷりとした髪、華奢な体つき、それらが、今まで男たちからどれほどの賞賛を浴びてきたか想像ができた。何といっても、きめ細かい白い肌と、グレーがかったような茶色の瞳に、亜里沙はしばらく見とれていた。不思議な生き物を前にしている気がした。どこかで見たことがあると思った。考えてみるとそれは、二十歳の誕生日に父がプレゼントしてくれた、ドイツ製の陶板画に描かれていた女だった。磁器のように冷たく透き通った肌は、ガラス窓からそそぐ陽光を浴びて、キラキラと輝いている。女がふいにまぶしそうに目を細めた。茶色のマスカラをぬった長いまつげが、頬にかすかな影を作った。ピンクのマニキュアの施された細い指で、女はバッグの中からレースのハンカチを取り出し、首筋の汗をぬぐった。それから小ぶりな名刺を亜里沙の前に差し出した。

「中川早雪といいます。はじめまして。今日はご足労いただいたわね」

女の声は少しハスキーで、容貌から受ける印象とかすかな違和感があった。名刺には週刊誌か何かで見かけたことのある、銀座の高級クラブの名前が書かれていた。座っただけで数万円もかかると言われる、一流店の名前だった。

「はじめまして。S坂亜里沙です。父がいつもお世話になっております」

亜里沙は名刺を持っていないことにひけ目を感じた。この女に何か勝てることはあるだろうかと考えると、急にみじめな気持ちになってきた。

「あら、私の方が、お世話になっているのよ。あなたのお父様に……」

早雪がそう言うと、小さな白い八重歯が見えた。

「あの、どういう、ことでしょうか。何故私に電話をかけていらしたのですか」

亜里沙はできるだけ冷静な声を保って訊ねた。

「そりゃ、信じたくはないでしょうね……」

早雪が皮肉っぽい笑いを浮かべた。

「法雄さんの、あら、お父様の女癖は、銀座でも有名なのよ」

「そんなこと、いきなり言われても、信じません」

「出張でよく行かれる北海道にだって、愛人がいるんですって。私は何番目の愛人なのかしら」

「あなたが父の愛人という、証拠でもあるんですか。そこまで言われるのなら、何かあるんでしょうね」

「証拠……。証拠ねぇ」

早雪は口の端をほんの少し上げて、勝ち誇ったような表情をした。バッグからワインレッドの手帳を取り出すと、アドレス帳を開いた。そして小さな四角い紙片を取り出した。裏返すと、色あせたセピア色の写真だった。

「一体どこで、これを……」

黄ばんだ写真の真ん中で無邪気に笑っているのは、セーラー服を着た亜里沙だ。右隣には、珍しく落ちついた雰囲気の紺のスーツを着た母が、笑みを浮かべて立っていた。小学校の入学式の朝に撮った写真で、父が財布の中に入れていつも持ち歩いているはずのものだった。

「法雄さんが眠っている間に、私が抜き取ったのよ。法さんたら、たぶん今も気付いてないわ。他にもいろいろあるわよ。たとえば、そうね、今年のお正月。亜里沙さんと奥様がハワイにいらしていた間に、法さんがうちに泊まったときの写真とか」

亜里沙は耳をふさぎたくなった。もうこれ以上は聞きたくないと思った。亜里沙が何も言わずに席を立とうとしたとき、早雪が投げ捨てるように言葉を吐いた。

「肝心のことはまだ何もお話ししてないのよ。聞きたくないの。逃げないで、ちゃんと聞きなさいよ。あなたが知らないでいたことが、世の中には沢山あるんだから」

早雪の目に射すくめられて、中腰のまま動けなくなった。

「亜里沙さん、松川事件って、知っているかしら」

松川事件……。今までも何度も聞かされた事件の名前だ。いつも考えているわけではなかったが、意識の隅の方にひっかかっていた。それにしても、なぜこの女の口から松川事件の名前が出るのだろう。こんな華やかで美しい女性とは、無縁のことにちがいないのに。

「もちろん知っています。一九四九年に起きた鉄道脱線事故です。三人の方が亡くなり、二十人が逮捕された。祖父が強硬に有罪説を支持していたと聞きました」

「それしか知らないの。あきれた。あれはね、ひどい冤罪《えんざい》裁判だったのよ。しかも国家による謀略事件なのよ」

早雪はあからさまに不愉快そうな表情をした。

「無実の人たちが沢山つかまったの。そのうちの数人は、死刑判決まで出たの。そして十年も拘束されていたのよ。最後にはアリバイを証明するメモが出て来て、全員無罪を勝ち取ったの。どう見たってでっち上げだとわかるはずなのに、あなたのおじいさまは、最後まで有罪だと、強硬に言い張っていたのよ」

亜里沙は返す言葉を失った。しかし高級ブランドで飾り立てた陶製の人形みたいな女性が、こんなことを言い出すとは夢にも思わなかった。

「失礼ですが、あなたと、その松川事件というものと、どういう関わりがおありになるのですか」

早雪は亜里沙に対して、まるで哀れんでいるようなまなざしを向けた。

「あたしはね、松川出身なのよ。あたしのお父ちゃんはね、松川の被告の人たちをずっと支援してたの。お父ちゃんの親友が、無実の罪で引っ張られて行ったから。正義感の強いお父ちゃんは無視することなんてできなかったの。無罪が確定したのは一九六三年だから、あたしが三歳の時よ。亜里沙さんとあたしは同じ歳よね。そのときのことは、だからよく覚えてないわ。でもあたしが十歳の時に、肺の病気で死んでしまったお父ちゃんが、いつも話して聞かせてくれたの。松川の無罪判決は、お父ちゃんの一生の宝物だって。ずっとずっと、これから先もぜったいに、忘れられちゃならないって」

早雪の大きな目が充血したように赤くなっていた。表情がちょっと子どもっぽくなっているような気がした。

「お父ちゃん、この支援運動のせいで、まわりの人たちからずいぶんいろいろ言われたりしたらしいの。運動が盛り上がるまでは、村八分みたいな目にもあったらしい。小さな酒屋をやってたんだけど、お客さんも来なくなって。でも友人の無実を信じて、必死に頑張ったんだって。もともと体が弱かったから、無理をしたのよね。お父ちゃんが死んでから、お母ちゃんが弁当工場で働いて、あたしたち姉妹を育ててくれたの。高校まで出してくれた。就職が決まってたんだけど、東京に遊びに行ったら銀座でスカウトされて……。クラブなんて怖いところ、あたしに務まるか心配だったけど、思ったより居心地のいいところだった。お母ちゃんにも、仕送りができるし。S坂さんの名前は、お父ちゃんから聞いてたわ。変わった苗字だから忘れやしない。S坂って名前の男がお店に現れたときは、びっくりしたわよ。法さんだったのよ、あんたのお父さん。公害裁判の企業側弁護士をしているって、ずいぶん金持ちそうで、仕立てのいい背広を着ていた。それに、とても幸せそうに見えた」

早雪はレースのハンカチを目のあたりに当てて、しばらく黙っていた。亜里沙は、急に周りのことが気になってあたりを見回した。隣に座っている六十代くらいの女性二人が、聞き耳を立てているのか、しばらく前から身動きもせずに話をしていない。

早雪は涙をぬぐうと、再びきりりとした表情になった。亜里沙はこの女の話を、聞き届けないわけにはいかないのだと、覚悟を決めた。

「法さんはあたしのこと、一目で気に入ったようだったわ。週に二回、三回って訪ねて来た。偉い弁護士だっていうから、あたしも少し緊張してたんだけど、あんがい情にもろい優しい感じの人だった。だらしないところもあって、お金のことなんてめちゃくちゃだった。あたしにカードを預けて、好きなもの買って来いなんてことを、平気で言う人だった。弁護士になるより、作家にでもなったほうがいいような、無頼なところのある人だと分かったわ……。知り合って一ヵ月くらいだったかしら、法さんに思いきって尋ねてみたことがあるの。松川事件のことを、どう思いますかって。そしたら、こんな答えが返ってきた。『父が出した判決のことにはあまり興味ないよ』って軽く答えたの。腹が立ったわ。この人、今まで何を考えて来たのかしらと思った。無実の被告たちやその家族が、どんな思いで十四年を過ごしたのか知りもしないで、知ろうともしないで、よくそんな無責任なことが言えるって、あきれ果てたわ。許せないって思った」

それから大げさなほど深くため息をついた。

「あたしと法さんが出会ったのも、何かの運命だったかもしれない。法さんは警戒心のない、子どもみたいなところがあって、いろいろ喋ってくれたわ。あたしは法さんの今までの生活を大体把握したの。法さんの大切な、目に入れても痛くない、一人娘の亜里沙さんのことも。あたしと同じ歳なのに、何故こんなに、生い立ちも暮らしぶりも違うのかしらって。そんなこと、どこにでもある話だし、わかっているつもりだった。でも、その一方が松川のS坂の孫であれば、話は違うの。被告の人たちをどこまでも苦しめて、自分たちはのうのうと権力の座にふんぞりかえって、孫子の代までやりたい放題。こんなこと、おかしいじゃないの」

呆然として聞き入っている亜里沙に向かって、早雪はなおも話し続けた。早雪の片方の頬がひくっと痙攣したように動いて、表情がちょっとこわばったようだった。

「金曜日の夜だわ。法さんがこう言ったの。『親父のことは、やはり尊敬しているよ、きみがどう思うかはもちろん自由だがね』って。それまでけっこう言い合っていたけど、その一言で、もう何も話すことはなくなったわ」

早雪の顔が急に優しくなった。

「だから、あなたにいろいろ教えてあげようと思ってやって来たの。いつお話ししようかと思っていたんだけど」

あっけにとられている亜里沙の顔を、早雪が憐れむように見た。

「はっきり言うけれど、法さんは二重生活をしている。あなたたち家族の生活は、虚構の上に成立しているのよ」

まなざしの強さと語気の荒さに、亜里沙は思わず体をすくめた。

「二重生活って、一体どういう意味ですか」

亜里沙の動揺を見てとると、早雪は身を乗り出してきた。

「あなたのおじいさまの残した吉祥寺《きちじょうじ》の御宅、あのお庭に離れがあったでしょう」

吉祥寺の家……。しばらく訪ねていない祖父母の家のことを切り出されて、亜里沙は戸惑った。今では父の妹の倫子が、書道の教師をしながら一人で家を守っている。祖父の亡くなった三年後に祖母が死んで以来、亜里沙は吉祥寺の家をほとんど訪れていなかった。

それは祖父が裁判所を退官したときに購入した家で、面積はさほど大きくはないが、作庭に拘《こだわ》ったと言うだけあって、美しい庭が印象的だった。しかし祖父母が死んでからは、庭の手入れもあまりされておらず、さびれた印象があった。叔母もいずれは手放すつもりでいると、聞いたことがあった。

幼い頃、祖父の益雄に連れられて、池の鯉に餌をやったときのことが目に浮かぶ。

「ほら、手を叩いてごらん」

祖父に言われるままに小さな掌を叩くと、赤と白のまだらの大きな鯉が一匹だけ顔を出したが、亜里沙を小ばかにするように、悠然と泳ぎ去った。しかし祖父がぽんぽんと手を叩くと、二十匹近い鯉が次々に顔を出した。まるで鼓を打つようにきれいな音のする祖父の大きな掌を、亜里沙はじっと見つめたものだった。それが魔法か何かのように感じられて、少し恐ろしかった。

早雪に言われるまで、吉祥寺の家のことなどほとんど考えたこともなかった。確かに池のそばに、小さな離れのような建物があり、遠方から祖父を訪ねてきた親戚たちが泊まっていたことを思い出した。早雪は一体何を知っているというのだろう。

「離れ……。確かに吉祥寺の家には、小さな離れがありました。祖母が茶室に使おうと造ったようですが、訪問客が寝泊まりする部屋になっていたような気がします。でも早雪さんが何故それをご存じなんですか」

早雪の顔が勝ち誇ったように輝いた。唇が濡れたように光った。小さな咳払いをしてから早雪は囁くように言った。

「そう、覚えているのね。あの離れには、亜里沙さんの異母妹がしばらくの間住んでいたのよ」

イボマイ……。早雪の言葉の意味がすぐには理解できなかった。

「いい？　よく聞いてちょうだいよ。あなたのおじいさまが亡くなってすぐの頃、法さんは事務所の秘書だった女性を愛人にしたのよ。その人との間に女の子が生まれたの。女の子の名前は亜美ちゃんというの。亜という字は、亜里沙さんから一字取ったと聞いたわ。相談を受けたあなたの叔母さんが、家の離れに二人をしばらくかくまっていたと聞いてる。今年小学校五年生になるはずよ。法さんは二つの家庭を持っていたのよ……」

「嘘です。そんな」

亜里沙の目の前に、黒く分厚いとばりが降りたようだった。

「父に、もう一人娘がいたって。そんな。そんなわけ、ありません。私は父の、たった一人の娘ですから」

亜里沙は早雪の顔をにらみつけた。こんな出まかせを言う女が許せなかった。心の底から憎いと思った。早雪はいまいましそうに目をそらし、再び皮肉っぽい口調で語り始めた。

「贅沢で貴族趣味の絹子さんと、知的で優秀なお嬢さんの亜里沙さん。家ではくつろげないんだよって、法さんがよく言ってたわ。あなたの信じていたものなんて、所詮《しょせん》、砂でできたお城みたいなものだったのよ。お気の毒だけれど、これが現実なのよ……」

「家では、くつろげない？　そんなことを、父が言うはずありません……。あなたは何のために、私にそんなことを。そんな作り話、絶対に信じません」

思わず大きな声を上げていた。

「法さんの本当の姿を、わざわざ知らせてあげたんだから、感謝して欲しいくらいだわ。どうしても信じないいんだったら、叔母様を訪ねてみたらどうなの？」

亜里沙の母親は義妹の倫子とは気が合わず、あまり付き合いたがらない。父が吉祥寺の実家に絹子と亜里沙を連れて行こうとしないのは、そのせいなのかと漠然と考えていた。

早雪は腕時計を見た。母が持っているのと同じ、繊細なデザインのショパールの時計だった。百万円は下らない品のはずだった。

「あら、もう、こんな時間」

早雪はバッグに手帳をしまいながら、亜里沙の顔をちらりとうかがった。亜里沙は最後の力を振り絞るようにして、早雪の顔を睨み返した。

「何よ、その目は。恨むんだったら、法さん、お父さんのことを恨んでちょうだいね。それにね、あなたたちみたいな贅沢三昧をしている人には、決してわからない世界があるってことも、そろそろ知っておいた方がいいんじゃないの」

そう言うと早雪は機敏な動作で立ち上がった。

「そうそう、大事なことを言い忘れてたわ。お父様がしていることをもう一つ。法さんはね、愛人の生活費を、事務所の経費から出していたらしいわよ……。もちろんあたしだって、法さんからお小遣いもらってる身分だから、あまり偉そうなことは言えないわね」

早雪は会計のカードを素早く取って、軽く首をすくめた。

「またいつかきっと、お目にかかる気がするわ。お元気でね」

早雪が立ち去った後には、強い薔薇の香りだけが残った。置き去りにされた亜里沙は、早雪の形のいい脚と細い足首が、跳ねるようにして遠ざかっていくのを、いつまでも見つめていた。

亜里沙は立ち上がれないほどの疲労感を覚えた。ホテルの廊下から日本庭園に向かう扉を開けて、足をひきずるようにして外に出た。とたんに強い日差しに射ぬかれた。いつ見ても美しい日本庭園だった。体を小さく丸めるようにして、木陰のベンチに腰掛けて、しばらく考え込んだ。首すじをタオルでぬぐいながら、吉祥寺の家にどうしても行かなければならないと思った。

＊

吉祥寺の家の前についた頃には、あたりはすっかり暗くなっていた。玄関脇の巨木が、家の半分ほどを覆いつくしている。かつてはきれいに剪定《せんてい》されていたが、手入れをしないうちに、枝も葉も伸び放題になって、家全体に大きな影をつくっているようだった。表札の文字が、黒く滲《にじ》んで、読みにくい。亜里沙の小さい頃には、子どもでもわかるようにはっきりとS坂と書かれていたような気がする。そのすぐ横にある書道教室と書かれた白いプラスチックの表札が、街灯を受けて光っていた。書道教室の表示の下に小さなブザーがある。これは昔と変わらないように思えた。叔母に会うのは久しぶりで、ブザーを押すのが怖いようだった。倫子は亜里沙のたった一人の叔母で、倫子にとっても亜里沙はたった一人の姪のはずなのに、これほど距離を感じているのは何故なのだろうか。叔母と母の折り合いが悪いせいだというのは、勘違いに過ぎなかったのだろうか。もし父が自分の秘密を隠すために、亜里沙たち親子を、この家から遠ざけていたのだとしたら……。

亜里沙は深呼吸をしてからブザーを押した。ひっそりとしている家の中からは何も物音がしなかった。一分ほど待って、亜里沙はもう一度ブザーを押した。門扉の奥に見える玄関のドアが開かれ、叔母が現れた。地味なカスリの着物にエプロンをかけ、髪をひっつめにして化粧もしない叔母の姿は、ずいぶんと老けて見えた。母とそれほど変わらない年齢のはずなのに、十歳くらい老いて見えた。

「こんなに汗をかいて。今さっき生徒さんたちが帰ったところだから、家の中は散らかっているけれど、とにかく中に入って」

居間は、見渡したところ祖父母が存命の頃とほとんど変わらないようだった。しかしよく見ると、家具は古びて、カーテンもすっかり黄ばんでいる。壁にかけられた絵の額にも、埃がかぶっていた。祖父母が亡くなってから、すっかり来客が途絶えたことを、部屋全体が静かに物語っていた。この家では時間が止まっているのだ、と亜里沙は思った。

倫子は亜里沙を椅子に座らせると、熱いおしぼりと冷たい麦茶と、和菓子と揚げ煎餅の載った盆をもって現れた。

「生徒さんたちに出したお菓子の残りなんだけれど、亜里沙ちゃんのお口に合うかしら」

倫子はお盆を机の上に置いた。亜里沙の汗にまみれた生え際や首筋を、おしぼりでぬぐってくれながら背中をさすっていた。倫子は小さい頃、こうやって亜里沙のことをかわいがってくれた。叔母には泥臭い田舎っぽさのようなものがある。それは母には感じられない温もりでもあった。倫子の温かさに、ふと甘えたくなった。今までこらえていた涙があふれ出た。

「どうしたの。亜里沙ちゃん、何があったの」

「おばちゃまは、亜美ちゃんって子にも、そうやって優しくしてあげていたんですか」

倫子の体が、びくっと震えたのが分かった。倫子は肩を落とすようなしぐさをして、
亜里沙の向かいの椅子に腰をおろした。倫子のその反応で、全てが分かってしまった。

やはり早雪の言っていたことは本当だった……。


早雪と名乗る女から聞いた話を、亜里沙が早口でぶちまけている間、倫子は一言も口をはさまず、うなだれて聞いていた。話し終わると、ようやく倫子は顔を上げて亜里沙の目をじっと見つめた。

「こんな日がいつか来るだろうと、叔母さんいつも怯えていたのよ。そう。亜里沙ちゃん、全部知ってしまったのね。その女の人の言ってたことは、ほとんど本当だわ。今はこのうちにはいないけれど、しばらく私が、亜美ちゃんとそのお母さんを、ここにかくまっていたことは、認めるわ……」

叔母の顔に深いしわが刻まれているのがわかった。きっと「そんなの嘘よ」と笑い飛ばしてくれると思っていた。しかし亜里沙の期待とは違って、倫子は憔悴《しょうすい》しきった様子

だった。

「あれはお父さんが死んで間もなくのことだったわ……」

倫子は肩をおとしたまま、覚悟を決めたように話しはじめた。

「兄さんが、蒼ざめた顔で私を訪ねてきたの。よく覚えているわ。雨の日だったのに、傘もささないでずぶぬれだった。お洒落な兄さんにしては珍しいくらい、服装が乱れてた」

倫子は亜里沙を透かして、遠くを見るようなまなざしをした。

「兄さんが、事務所の秘書の女性との間に、子どもができたって言うのよ。堕胎《おろ》してくれって、何度頼んでも聞いてくれないって。頼む、僕のかわりに、説得してくれないかって。私の前に膝をついたのよ」

倫子は亜里沙の顔をしばらく見つめた。

「兄さんがあまりにうろたえているので、渋々その女のところに出向いたのよ。亜里沙ちゃんが中学に入って間もない頃だったかしら。亜里沙ちゃんに知られたらどうしようかと、兄さんはそればかり気にしてたの。何度も念を押したの。亜里沙には知られないようにしてくれって……」

「それで、相手の方は何て仰ったんですか」

「まだ二十代後半のあどけない感じの女性だったわ。北海道出身の、加奈子さんて名前の人で、どうしても産みたいって、ポロポロ泣き出されたの。もう二回も子どもを堕胎していて、今度堕胎したら二度と子どもが産めなくなるって」

「それで、おばちゃまは、あっさりその人の側についたというわけですか……」

「何を言うの。叔母さんが、どれだけ悩んだと思うの」

倫子が声を荒らげた。

「母さんは病床にいたけれど、ものすごく怒ってね。でもどうすることもできなかった。もし父さんが生きてたら、兄さんの前で刀をふりかざしたかもしれないわね。父さんが死んだことで、この家の重石《おもし》が、取れてしまったのよ。優柔不断な兄さんには、もともと弁護士なんて向かなかったのよ」

「どういうことですか」

「父さんに強く言われて後をついだけれど、所詮無理だった。兄さんは優しいから、全部絹子さんの言いなりだったでしょう。収入がよくなってから、たがが外れたようになってしまったのね。それでも叔母さんは、亜里沙ちゃん親子の暮らしを守るために、必死になったつもりよ」

倫子は顔を紅潮させている。まるで自分に言い聞かせるように、胸を軽く叩いて話を続けた。

「実際に赤ちゃんが生まれてしまうと、かわいいものでねえ。兄さんの収入はどんどん増えて、絹子さんは相変わらず贅沢のし放題、亜里沙ちゃんは中学に入って勉強に部活に頑張っているって。何の翳りも不安もない、そちらの生活を見るにつけ、加奈子さんと赤ん坊がかわいそうになったの。暑い夏の日だったわ。亜里沙ちゃんと絹子さんは、軽井沢に旅行中だった。最終的には私が母さんを説得して、離れで二人をしばらくかくまったのよ」

亜里沙と母親が軽井沢にいる間に、そんな大変なことが起きていたのだ。亜里沙は絶句した。茫然《ぼうぜん》としながらも、中学時代の記憶をたどってみた。

祖母の見舞いで吉祥寺を訪れたときに、小さな子ども用の靴を下駄箱でみつけたことを思い出した。不審に思って父に尋ねると、「この家にはいろんな訪問客がいるからね」と、あいまいな返事をされた記憶がある。赤ん坊用の靴が吉祥寺の家に置いてあることなど、今考えてみたら不自然極まりないことだった。しかし当時の亜里沙は、それ以上のことを詮索《せんさく》する想像力など持ち合わせていなかった。

「それでその二人はその後、どうしたんですか」

「亜美ちゃん、あ、加奈子さんの娘の名前は、亜美ちゃんて言うの、亜里沙ちゃんの亜の字を取ったのよ。亜美ちゃんが幼稚園に上がる前に、二人は兄さんの用意した、新宿区の小さなマンションに越して行ったの。狭い部屋だけれど、二人が暮らすには充分だったし、こぎれいな住まいだったわ」

「今もそこに二人は住んでいるんですか」

「亜美ちゃんが小学校に入ってから、加奈子さんは別の男性と結婚したの。そのマンションは売って、今では家族三人で札幌で暮らしているの。亜美ちゃんは今でもたまに電話をよこすことがあります。亜里沙ちゃんには悪いけれど、亜美ちゃんだって、叔母さんの姪には違いないのよ。赤ん坊のときから面倒見て来たから、なおさらそう思うのよ」

「父が事務所のお金から、その女の人の生活費を出していたって、本当ですか」

倫子は力なく首をふった。

「叔母さんの知っていることは、これくらいよ。亜里沙ちゃんには申し訳なかったけれど、叔母さんだってこうする以外なかったのよ。何度も言うようだけれど、叔母さんは、あなたたちの生活を守ってきたという自負があるわ」

倫子は清々したような表情を浮かべた。少しだけ笑っているようにも見えた。悪いのは父で、倫子に非はないのだと理解しながらも、「あなたたちの生活を守った」としつこく言われると、善人を装う押し付けがましさを感じて、身震いがするようだった。

「おばちゃまは口止め料として、父からお金をもらっていたのですね」

そう言いかけて口をつぐんだ。倫子が両親亡き後に、この家で暮らしていけたのは、父の援助があったからに違いないのだ。小学生や中学生に書道を教えるくらいで、叔母がなに不自由なく暮らしていけるはずはないのだった。

「この家に、何となく来づらい雰囲気があって、それは私の母のせいなのかと思っていましたが、違ったんですね……」

「何を言うの。遠ざけていたつもりはないわ」

倫子は言い返した。そのときふと亜里沙の頭によぎる思いがあった。

もしも父から弁護士としての仕事や、社会的な信用を奪いとったなら、倫子に復讐を果たすことにもなるのではないか。加奈子という女とその娘を、十年以上もかばって生きてきた倫子を懲らしめるためには、父から全てを奪いとらねばならない。亜里沙の胸に、暗くて熱い炎が燃えたぎっていた。

第六章　二〇〇五年十月　渋谷区南平台

「やっぱりパパについて行くわ。将来のこともあるし、大学卒業したら外国にも留学したいし。ママには感謝してるけど、血のつながってるのはパパの方だし。ごめんね」

背丈が一六五センチになった十六歳の百合子が、細く長い腕で前髪をかき上げながら、大きな目を細めるようにして言った。

血のつながっているのは、パパの方……。確かに、百合子の言うとおりだ。

「でも安心して。今さら、新しい母親になつくつもりなんてないから」

「ママのことなんか気にしなくていいって」

亜里沙はそう答えるのが精一杯だった。

百合子のまなざしを、艶やかだと感ずるようになったのは、いつのころからだろう。どことなく都会的な洗練された魅力をもつ娘に成長した百合子に、まぶしさすら覚えてしまう。傲慢なほどの若さと美しさの前で、亜里沙は無力感に襲われる。

三ヵ月前のことだ。一緒に暮らしたい人がいる、と夫の棚瀬《たなせ》に切り出された。ほとんど会話すら交わさなくなった夫との生活は、とっくに破綻《はたん》していたけれど、亜里沙はやはりたじろいだ。とはいえ、どちらかが切り出さなくてはいけない事柄を、夫の側から提示され、肩の荷がおりる思いがしたことも確かだった。棚瀬には、何の未練もなかった。

しかし、娘への情愛は深く濃くなっていた。この思いを断ち切ることができるのだろうか。いつまでも娘のそばに居て、成長を見届けていたかった。美しいウェディングドレス姿も見たかった。かわいい孫も抱いてみたかった。

百合子が学校から帰る前に、一応の片付けは済ませてしまおう。亜里沙は重い体をひきずるように、百合子の部屋に入った。棚瀬と共に百合子はもうすぐこの家から去って行く。多分これが、母親としての最後の仕事になるのだろう。

扉を開けると、ほのかなラベンダーの香りがした。日当たりの良い百合子の部屋は、明るい春の気配のする場所だった。まもなくこの部屋から荷物が運び出される。亜里沙は深呼吸を一つしてから、百合子の白い洋服ダンスの前に立った。

最下段の抽出には、百合子が小さい頃に着ていた服が仕舞われている。白地にひまわりの柄が大きく描かれ、袖にレースがついている夏服が目についた。手にとってにおいをかいでみると、かびくさい臭気に混じって、日なたの埃っぽい匂いが甦《よみがえ》ってくる。百合子の誕生日に、亜里沙がはじめて選んだワンピースだった。ドライな百合子は、こんなものには目もくれないだろう。亜里沙は手の中の布地をくしゃくしゃに丸めて抽出の奥に押し込め、床に座り込んだ。

洋服ダンスの隣にある本棚の、いちばん下に積まれたアルバムが目に入った。百合子の成長の記録を収めたものだ。全部で十冊、手に取るとずっしり重たい。

三歳の時、はじめて連れて行った遊園地でメリーゴーラウンドに乗っている写真から始まる。百合子は亜里沙の腕にしがみつき、笑顔は浮かべているけれど表情が硬くこわばっている。

コーヒーカップに乗った棚瀬と百合子が写っているのは、亜里沙が写したものだ。緊張がほぐれたのか、百合子は大きく口をあけて笑っている。だがその後が大変だった。笑っていた百合子の顔が次第に蒼ざめ、「気持ち悪い、降りる」とべそをかき始めたのだ。亜里沙が大きな声を出して、コーヒーカップを停めてもらった。係員から怒られ、ほかの客からはにらまれ、三人で逃げるようにその場を離れた。そんなわがままを言う百合子が可愛くてたまらず、その日は一日中笑い通した。

その後には幼稚園の入園式、春の遠足、夏のプール、秋のお芋掘り、運動会、と季節を追って行事の写真が続いている。楽しい毎日だった。母親になるというのはこういうことなのかと思った。

あどけない寝顔で手足を大の字に広げて眠る幼い娘に添い寝しながら、亜里沙は毎晩頬ずりをした。百合子の広げた腕の幅が、亜里沙の地平線のすべてだった。柔らかく温かい掌の感触が、確かな記憶として刻み込まれている。

棚瀬と出会ったのは、大学時代の友人の結婚式だった。あざを取る手術に成功して、男性と話すのに少しは気張らずにすむようになった頃だった。二次会で、好きなミステリー作家の話で意気投合して、食事の約束をした。棚瀬は清潔感があり、さりげないおしゃれが上手で、話題も豊富だった。聞き上手でもある彼の前で、亜里沙は安心しておしゃべりのできるのが嬉しかった。棚瀬に夢中になるのに、さして時間はかからなかった。

つきあいはじめて半年ほどしたころ、棚瀬が娘の百合子を連れて現れた。百合子は、白いブラウスにタータンチェックのスカートという、お行儀のいい格好をしていた。切れ長の目に鼻筋の通った百合子は、唇を固く結んで、警戒するようなまなざしを亜里沙に向けた。

「はじめまして、百合子ちゃん」

百合子はにらみつけているばかりで、なかなか笑顔を見せてはくれなかった。そのときの棚瀬の困惑した、焦っているような表情が、今では切なく思い出される。

「ママに、なってくれる人だよ」

百合子は唇をかんで体を揺すっていた。新しいママになる人だと突然言われて、すぐに喜べるはずがない。棚瀬は額に汗をにじませていた。棚瀬の性急なところが、そのときには好ましくさえ思えた。

「百合子、ちゃんとご挨拶をしなさい」

亜里沙は棚瀬に制止するような視線を送りながら、百合子の目の高さまで膝を折った。

「驚かせてごめんね。怖がることないのよ。百合子ちゃんがいやだと言ったら、あきらめるからね」

百合子の目がみるみる潤みはじめた。そして口をへの字に曲げ、顔をくしゃくしゃにして大声で泣き始めた。亜里沙は咄嗟《とっさ》に百合子を抱きしめた。バニラの匂いのする小さな百合子が、かわいそうでならなかった。

百合子の産みの母親は心臓に疾患があり、出産半年後に急な心臓発作で亡くなった。棚瀬の母親が百合子の面倒を見ていた。百合子に母親の記憶は残っていない。百合子は自分に母親がいないことを、淋しく感じていたに違いない。

泣きじゃくる百合子を見て、亜里沙は胸をふさがれる思いだった。たとえ百合子に拒絶されても、棚瀬に嫌われたとしても、なんとしてもこの子の母親になりたいと思った。生まれてはじめての、不思議な感情だった。亜里沙が背中をさすってやると、百合子は亜里沙のスカートをぎゅっとつかんだ。結局グリーンのスーツは、百合子の鼻水と涙と唾液でしみだらけになり、二度と着ることができなかった。亜里沙と百合子の間に、確かな信頼のきっかけが築けたと思った。

南平台に立つ築十五年のマンションは、亜里沙が譲り受けることになった。それと少しばかりの慰謝料で、交渉を長引かせる気にはならず合意した。ライターの仕事と下請けの翻訳を、内容を選ばずにこなしていけば、一人だけなら何とか生活していける。

棚瀬と百合子は、棚瀬の新しい妻になる女性が住む西新宿のマンションに移り住むことになった。合理的で割り切りの早い百合子は、動揺する素振《そぶ》りもみせなかった。自分のところに残ってくれるのではという夢は、あっけなく潰えた。

それでも、亜里沙が黙りこんでいるとやはり気になるらしく、

「悲しそうな顔しないでよ。いつだって遊びに来るってば」

そんな風に、同情する素振りも、してみせるのだった。

亜里沙は一度、棚瀬の子どもを身ごもったことがある。四ヵ月で流産した。百合子は

小学二年生だった。百合子を連れて水族館でイルカのショーを見た帰り、腹部に鋭い痛みを感じた。そのまま入院して、結局お腹の子どもは流れてしまった。

見舞いに来てくれた百合子のまなざしは、「あたしだけのママでないといや」と言っているように思えた。流産して良かった。百合子がいればそれでいい。自分に対する慰めの気持ちもあったかもしれないが、あのとき亜里沙は強くそう感じたものだ。


ダンボール箱にアルバムを押し込み、ガムテープでしっかり梱包した。箱に収めたとたん、たまらない思いがしてガムテープを力まかせに引き剝がした。秋のお芋掘りで百合子が顔に泥をつけてVサインをしている写真と、運動会で二人で大玉転がしをしている写真を、どうしても手元に置いておきたいと思った。無理やりに写真をはがすと、無残な黄ばんだしみが残った。

アルバムを閉じて再びダンボールにしまってから、ひまわりのワンピースを思い出した。あの服を着た百合子の写真がどこかになかっただろうか。もう一度ガムテープを外してアルバムを取り出した。丹念にページをめくってゆくと、車の前でひまわりのワンピースを着た百合子が、小さなリュックを背負い嬉しくてたまらないような顔をしている写真があった。夏休みにはじめて家族旅行をしたときに写したものだ。

三枚の百合子の写真を、亜里沙は寝室の枕の下にしまった。いつか年老いて孤独のままに死んだなら、枕の下に黄ばんでいる写真が発見されるだろう。父が、亜里沙の写真の入った手帳を握りしめて死んでいったと同じように。

百合子の荷造りを大方おえたところで、亜里沙は服を着替え、薄く化粧をして外出の準備をした。このまま家にいたら気がおかしくなりそうだった。

渋谷駅南口のロータリーでバスから降り立ったときは、三時半をまわっていた。渋谷の街は相変わらず騒音であふれ、熱気にむせ返るようだ。その隙間をぬって、涼しい風が一瞬頬をかすめていく。百合子と同じくらいの年格好の少女たちが、目の前を楽しげに語らいながら通り過ぎてゆく。

改札口へ続く駅の構内にある喫茶店で、濃い味の紅茶を飲んだ。ミルクをいくら入れても、苦味がとれない。胃にしみるような痛みを感じた。ほとんど口を付けていない紅茶を残して立ち上がった。思いついて、花屋で赤いダリアの花束を買った。入院している父の妹、倫子を見舞いに行こうと思った。

叔母の倫子は乳がんの手術をして、一旦は退院したものの、風邪をこじらせ肺炎に罹《かか》っていた。今回は用心のために入院している。父と叔母は仲の良い兄妹だった。ダリアの花を選んだのは、父の好きな花だったからだ。

亜里沙が吉祥寺の病院を訪れると、倫子はベッドにもたれて本を読んでいた。白一色に染まった髪が、窓から射す夕方の光を浴びて輝いていた。もともと青白いような、冷たい感触の肌の持ち主だったが、病を得てからは更に皮膚が透けるように白くなった。

亜里沙がそっと近づくと、倫子はびくりとして、眼鏡を外しこちらをじっとみつめた。

「どうしたの。来てくれるなんて、思わなかった！」

父の葬儀以来だった。離婚後独身を通した叔母には、子どもがいない。書道の先生をしながら、吉祥寺の家を去って、三鷹のアパートでひっそりと暮らしている。趣味のいい絵葉書に、流麗な仮名で書かれた便りを時々くれる。病状をさらりと書き飛ばしてあった葉書を、亜里沙は自分の離婚のゴタゴタで放り出したままにしてあった。

「なかなか来られなくて、ごめんなさい」

「なに言ってるの。亜里沙ちゃんが忙しいの、分かってるから。肺の方はもうきれいになったのよ。手術あとだったから、抵抗力が弱ったんだろうって。仕事は順調なの？ご主人も、お嬢さんも、お元気なの？」

亜里沙があいまいな作り笑いをすると、倫子は怪訝な顔をした。すぐに読みかけの本を置くと、丸い椅子をベッドの向こうから取った。そして亜里沙が花瓶にダリアの花束を挿している間に、紙コップのほうじ茶と、煎餅を用意してくれた。

子どもの頃、一人暮らしをしている倫子のところへ遊びに行き、煎餅を出してくれたのが懐かしい。母の絹子が好んだのはもっぱらシュークリームやプリンだったから、倫子の部屋で出される煎餅が、亜里沙にはめずらしかった。

ベッドの上に伏せられている分厚い本の背表紙には、「平安の贈答歌」と書かれていた。倫子は古典の先生になるのが夢だったと、聞いたことがある。しかし判事をしていた益雄の転勤のために、国文学を学んでいた女子大を退学した。東京に一人残って勉学を続けるのを、祖父は断固として許さなかったらしい。

「もうすぐ、法雄兄さんの命日よね」

亜里沙は黙ってうなずいた。

「法雄兄さんの夢をときどき見るの。それが必ず亜里沙ちゃんが幼い頃の兄さんなの。兄さんの可愛がりようったら、なかったんだから。あんなに子どもを可愛がる人を見たことがないわ。少しおかしくなってしまったのじゃないかと思ったわ」

父親に溺愛されたことはたくさんの人から聞いている。亜里沙の体も、それを覚えている。父の膝の感触、掌の厚み、タバコとコロンの混じった匂い。四十代の半ばになった今でも、それを忘れることはできない。あんなに可愛がってくれた父親を、亜里沙は職場から追いやったのだ。

「子どもというのは、親を狂わせるんですね」

なぜこんな事を唐突に言いだしてしまったのだろう。言いながら、自然に胸が熱くなってくるのがわかり、亜里沙はバッグの中を確かめるふりをしてうつむいた。

「どうしたの、急に。わかったわ、百合子ちゃんがきれいなお嬢さんになって、とまどっているんでしょう。兄さんの墓参りのときひさしぶりに会って、驚いたわ」

倫子は無邪気に笑った。叔母には離婚のことは話さないでおこうと思った。

「ところで絹子さんは、どうしているの」

「伊豆の病院に、入っています。私が行っても、ほとんどわかっていないようです」

父が仕事を追われ失踪《しっそう》した後、亜里沙が家の後始末をして、母を引き取った。そのときのショックで、母は人格が変わってしまった。家に閉じこもって口をきかなくなった。鬱病と診断され、一旦は回復したものの、十年ほど前からは認知症の症状を示すようになった。父が死んだのも、知らないはずだ。

「あの絹子さんがねえ。信じられないわ。何て、残酷なの……」

倫子が声を詰まらせた。母のビー玉のようなうつろな瞳を、亜里沙は思い浮かべてみる。

「私は、もう、慣れてしまいました」

「そういうものかしら。私はねえ、法雄兄さんと絹子さんの結婚式、今でも思い出すのよ。パレスホテルの一番大きな広間で、シャンデリアがまぶしかった。沢山のお客様がいらして。父が最高裁入りした直後の、栄光に包まれていた時だったから。披露宴の広間の扉が開いて、ウエストのきゅっとしまったウェディングドレスをまとった色白の絹子さんが、絨毯を踏みしめて入ってきたときには、会場が一瞬静まり返ったわ。お大名の家老の家柄だと聞いていたけれど、さすがに品があったわ。本当に、きれいだった」

「母はこの家に嫁げて、嬉しかったんでしょうね。おじいちゃまのことを、いつも誇りに思ってましたもの」

「皇居での晩餐会があったり園遊会があったりすると、絹子さんったら、生き生きとしていたわね。絹子さんのこと、父もとても可愛がっていたのよ。私が幸せな結婚ができなかったから、よけいに」

倫子が寂しげに笑う。亜里沙にはそんな倫子が痛々しく思えた。

「亜里沙ちゃんを、どこの幼稚園、どこの小学校に入れようかって、父と絹子さんが、二人で話していたのを思い出すわ。すごく真剣な顔をしてたわ。まるで国家の大問題を論じ合っているみたいだった」

笑みを浮かべていた倫子の表情が、次第にひきつってゆくのがわかった。俯き加減になった倫子は、左の手首を押さえた。

倫子の左手首には、今でも傷痕が残っている。結婚の約束をした職場の上司に、離婚歴があることがわかると、祖父は絶対に許そうとしなかったという。許しを請う倫子の前で、日本刀に手をかけようとさえしたのだ。根負けした倫子は、婚約者と決別せざるをえなかった。そして祖父が引き合わせた相手と結婚した。

愛情の全くない男との結婚は、一年ももたなかったと聞く。離婚を決めてから倫子は堕胎し、実家に戻って睡眠薬を飲み手首を深く切った。発見が遅れていたら危ないところだったという。一命をとりとめ静養しているあいだに、絹子と法雄の結婚式が行われた。倫子はどんな思いだったろう。倫子と絹子は陰と陽の存在だった。しかしもはや陰も陽も、全ては白日のもとに曝《さら》け出されてしまった。

「益雄おじいちゃまのことを、憎んでいらっしゃるんですか」

倫子はしばらく天井をみつめてから､窓の外に目をやった｡夕焼けに染まっている木々が赤く燃えながら庭に影を落としていた。

「法雄兄さんと絹子さんにとっての父と、私にとっての父は、まるで別の人なのよ。女子大で勉強を続けたいと言っても、絶対に許してくれなかった。名古屋高裁長官邸の立派な邸で、長官のお嬢さんと呼ばれ、人もうらやむ暮らしをしていたのに、私の心は干からびてたの。できることなら、女子大でもう一度、一生懸命勉強したいなあって、この年になってまで思うんだから。何もかも引き剝がされたのよ、私は……」

倫子は亜里沙に話しかけるというより、低くくぐもった声で独り言のように喋りつづけた。

「私の恋人に離婚歴があると知ったときに、顔を真っ赤にして激怒して。でもいつかはきっと、許してくれると思った。兄さんも必死に説得してくれた。でもね、甘かったわ。日本刀に手をかけた父を見て、もうだめだと思ったわ。私が駆け落ちなんかしたら、母がどうなるかわからなかったのよ。本当に激しい人だった。亜里沙ちゃんには優しいおじいちゃまでしょうけれど、私にはね」

倫子は目をつむっていた。話し終えると、血管の浮き出たしみだらけの掌で、顔を覆った。亜里沙はいつか父から聞いた話を思い出していた。大振りの日本刀を手にして現れた居丈高な祖父の姿。何度も聞かされた昔話みたいに、亜里沙の記憶に刻み込まれている。まるで映写機が回るように、頭の中に甦ってくるのだ。

乱れた着物の裾から、スリッパを履いていない大股に開いた足が、赤い絨毯を踏みつけていた。祖父は黙ったまま、鞘《さや》から刀を抜いた。鈍く光る抜き身は、祖父の怒りそのものだった。祖父はその硬い憤怒を頭の上まで振り上げると、足のすぐ横に置かれてあった大きな花瓶めがけて勢いよく叩きつけた。花瓶はあっけなく二つに割れ、盛られていた白百合の束が重なり合ったまま横倒しになった。絨毯にこぼれた水は赤黒いしみをみるみる広げていった。二振りめの刃は、父の座っていた長椅子の背に食い込んだ。きれいに縦に裂けた革張りの背もたれから、黄色いクッションが弾けるように飛び出した。

それから祖父は、父の首筋に刃をあてたのだ。父は動くことができなかった。祖母が「やめてください」と言って祖父の前に出て、体をおさえつけるようにした。祖父の大きな体がよろけ、その拍子に父が着ていた背広の袖に切っ先が触れた。袖が破れたようには見えなかったが、たちまち赤い血がうっすらとにじみ出てきた。

あれは亜里沙が小学校高学年の頃だったろうか。

「ああ見えて、おじいちゃまには恐ろしいところがあるんだよ」

父が声をひそめて言った。その日、父はめずらしく、あまり飲めない酒を口にして、頬を赤らめて帰宅した。田子の浦の裁判の頃だった。

激しい気性は身をひそめて、すっかり穏やかになってしまった祖父の姿しか知らなかった亜里沙は、父の話を聞いて驚いた。娘の結婚相手に離婚歴があったというだけで、そこまで激昂する祖父の姿が、当時は信じられなかった。しかしその血は、亜里沙の中に、ひそかに受け継がれていたようにも思う。

「父の栄光の陰で私は泣いていたのよ。亜里沙ちゃんには、きっとわからないわよね」

倫子は、絹子と亜里沙をずっと憎んでいたのではないかと、ふと思った。しかし、祖父の栄光の陰で泣いていたのが、倫子ひとりというのは間違いだ。父の法雄だって犠牲者だったかもしれない。何より、祖父の下した判決によって苦しんだ人たちがいるのを、亜里沙は知っている。

「ごめんなさい。いやなこと思い出させちゃって」

倫子の背景の空が、みるみるうちに薄紫色に変じてゆくのを、亜里沙は身じろぎもせずに見つめていた。

帰りの電車の窓に映った自分の顔が、ぞっとするほど老け込んでいるのを見て、堪《たま》らずに視線を車内に向けた。だれもが思い思いの無表情を貼りつけ、雑誌に目を落としたり、目を瞑ったりしている。亜里沙は自分の歳を考えた。四十五歳。もうそんなに生きてきたのだ。棚瀬に「何を考えているのかわからない女だ」となじられたのを、思い出した。小さい頃から何重もの鎧《よろい》をかぶって生きてきた亜里沙は、本当のことを悟られないように生きてきたのだ。ガラス窓の自分に、父が、そして祖父の面影が重なる。忌まわしいあのあざまでが、うっすら浮かんで消えた。亜里沙は左頬を手で隠した。恐ろしくなって手鏡を取り出した。あざがないのを確認してからも、しばらく顔を上げられなかった。

少し気持ちが落ち着いてから、亜里沙は祖父のことを思った。公に記録として残されている表向きの祖父と、家族の知る祖父は、ずいぶん違う。私人としての祖父は趣味が多く、芝居好きの一面もあったとも聞いている。

「お父さんにはよく歌舞伎に連れて行かれた。パパはちんぷんかんぷんでね、いつも途中から居眠りしていたけど。亜里沙の芝居好きは、おじいちゃま譲りかな」

「巨人戦にはよく付き合ったよ。野球はパパも大好きだから、こっちの方は大喜びだったけど」

「中学生の時には、今日は社会見物だ、なんて言ってね。ビリヤードにつれて行ってくれたこともあった。自由を好み、戦前は軍部にも批判的で、どちらかというとリベラリストと言えたと思うよ。その点でも敬愛していた田中長官と、共通していたかもしれない」

父の語った祖父に関する思い出話は、それぞれにちぐはぐだ。

数年前、週刊誌に祖父の名前をみつけたことがあった。元銀行員の男から聞いた話を、著名な随筆家が文章にしたもので、「ある仙人」という副題がつけられていた。

一九六三年、祖父の最高裁退官が決まると、年若い銀行員が退職金の預金を頼みに何回も公邸を訪れた。新聞で祖父の退官を知って、足繁く通ってきたらしい。とても熱心な若者だから、会ってみようという気になったのだろう、祖父は男を家に入れて話を聞くことにした。祖父は体格がよく、つねに闘志を燃やしているような男だったから、初対面の人はたいてい萎縮《いしゅく》してしまう。銀行員も祖父の前でひどくかしこまっていた。

「で、話というのは？」

祖父が身を乗りだすようにすると、若い男は、少し後ろへ下がってソファに深く座りなおした。それから、いかにもおずおずといった口振りで、預金のことを切りだした。祖父はしばらく考え込んでから、真面目な顔で質問した。

「預金をせよと言いましたね。銀行に預金をするのには、どうすればいいのですか」

銀行員はしばらくぽかんとして祖父の顔を見ていたという。からかわれたとでも思ったのだろう。

「いや、驚かせて申し訳なかった。他意はないのです。恥ずかしい話だが、私は預金の仕方を知らないのだよ」

祖父は世俗のことにはまったく疎《うと》かった。

通帳の作り方、印鑑の届け方などを、祖父は一から教わった。キャッシュカードなどというものができるはるか以前の話だ。神妙な顔をして祖父は聞き入っていたという。結局、退職金全額をその銀行員に預けて、官邸を出てから住む新居の物件探しまで全面的に任せた。

男の探し出してきた吉祥寺の家を、祖父も祖母もとても気に入った。ただ一つ問題だったのは、家の建ぺい率がほんの少しだけ超過していたことだった。それくらいなら、普通は誰しも見て見ぬふりをする程度のものだったらしい。家族も「それくらい、いいじゃないの」と言った。しかし祖父は、断固として譲らなかった。

「法の番人だった者が法を犯すことはできない」

費用がかかる上に家も狭くなるというのに、わざわざ一部屋を壊させた。

「いろいろありがとう。おかげではじめてマイホームが持てたよ」

祖父は若い銀行員に頭を下げたと書かれてあった。

吉祥寺の家の庭で、着物姿でくつろいだ様子の祖父が、ポンポンと手をたたきながら池の鯉に餌をやっていた姿を、亜里沙はまるで昨日のことのように思い出す。

自分の知らない祖父の姿が、まだまだあるのではないかと思う。父に最後に会ったあの日、早雪に言われた言葉が、生々しく甦る。

「松川事件の被告の人たちのうち何人かは健在なのよ。いまでも毎年、広津和郎先生の命日にお墓参りしてるわ。私も一回だけ行ったわ。死刑判決を受けたHさんの連絡先ならわかるのよ。亜里沙さん、被告の人たちがどんな人生を歩んだか、調べてみたらいいのに」

ふいに電車の窓ガラスに、父の姿が見えたような錯覚を覚えた。隙間風の吹くアパートで、どんよりした瞳で視線をさまよわせながら、寒そうに炬燵にもぐりこんでいた父。あのとき、炬燵の上に置かれていた割り箸の袋を早雪が取って、鉛筆で書いてくれた。それを亜里沙は財布の中に入れた。大切なものだと思ったから、そのとき使っていた手帳にメモをした覚えもある。あの袋も捨ててはいないはずだ。

あわてて財布を開いた。分厚い紺の財布には、古い領収証や、家族で行ったことのあるレストランの名刺など、棄て忘れたものが沢山入っている。幾枚ものメモ紙の束に挟まって、割り箸の袋があった。二つ折りにされた紙の上の文字は、擦れて薄くなっていたが、文字を読み取ることはできた。Hの名前と住所、そして電話番号が、確かにそこに記されていた。

つい最近も、松川事件の背景について書かれた本が、早雪から送られて来ていた。それは簡略な装丁の淡い緑色の小冊子だった。

第七章　戦後謀略事件の背景

「ちょくちょく遊びに来るから。忘れ物あったら取りに来るしね」

百合子はそんな風に言うと、涼しげな笑顔を浮かべた。衣替えになったばかりのセーラー服のスカートの丈を相変わらず短くして、すらりとしたきれいな脚を見せている。制服にアイロンをあてたり、ハンカチの用意をしたり、お弁当の準備をしたり、煩わしくさえ思えた日常が、今ではひどく懐かしい。

マンションの下には棚瀬の車が迎えに来ていた。新しく妻となる女性のいる西新宿の家へ向かう棚瀬と、顔を合わせるのなど真っ平だった。だから百合子を見送るのは玄関までと決めていた。父親に溺愛された亜里沙には、そもそも父親以外の男性を心から愛することなんてできなかった。最後まで棚瀬に心底なじむことはなかった。愛想尽かしされたのも、当然のことかもしれない。夫への未練が全くないことに、亜里沙自身が驚いてさえいる。その分、娘への思いが執念のようになって亜里沙の中で渦巻いていた。

百合子の様子は、夏休みの合宿や、友人の家に泊まりに行くときと、ほとんど変わりなく見える。そんな娘に何と声をかけていいのかわからなかった。それでも、一瞬亜里沙の顔を見つめて、「いろいろありがとう。片付け頼んじゃってごめんね」と言ってくれたのは、精一杯の感謝のしるしだと思いたかった。

いつの日か百合子が母親になったときに、自分のことを思い出すことはあるのだろうか。亜里沙が父親を思い出すときと同じに、きしむような痛みを伴ってくれるのか。そんな未練がましいことを考えてしまう自分が、愚かしく情けなかった。

玄関の扉が閉まってしばらくしてから、亜里沙はたまらなくなり、サンダルを履いて非常階段の出口から棚瀬の車を見送った。百合子が、銀色の車体に華奢な体を滑り込ませてから窓を開け、目を細めるようにして自分の部屋の窓を見上げている。この光景を一生忘れないでいようと思う。

車が見えなくなっても、しばらく立ち去ることはできなかった。この階段で小さい百合子と手をつないで花火を見た夏の日のことが、何度も頭をよぎる。

よろけるようにして部屋に戻ってから、リビングに座り込んだ。ソファに顔を押し当て、しばらく声を上げて泣いた。しかし泣き続けるわけにはいかなかった。これからは一人で生きていかなくてはならないのだから……。仕方なくふらふらと立ち上がって、自分の部屋のテーブルに向かった。整理整頓があまり得意でない亜里沙の机は、書類でいっぱいになっている。翻訳の書類や映画のパンフレット、友人からの葉書の束、そして百合子の学校のＰＴＡで配られた書類の数々。

ムリリョの聖母の絵が印刷されたクリアファイルの間から、百合子の中学一年生のときの成績表がこぼれ落ちた。成績表を開くと、担任の字で「学校生活にだいぶなじんできたようです。部活にも委員会にも楽しく取り組んでいるようです」と丁寧に書かれていた。これを百合子から手渡されたときの甘酸っぱい記憶に、うちのめされそうになる。

クリアファイルの下に見覚えのある水色の封筒がはさまっているのを見つけたときには、救われたような気持ちになった。差出人の名前は、福島市松川町　中川早雪となっていた。亜里沙の探していたものに間違いない。封筒の中には確かに冊子が封入されていた。

冊子の表紙には『戦後謀略事件の背景と下山・三鷹・松川事件』と記されている。

表表紙の裏側に、角ばった文字で書かれた、早雪からの短い手紙がはさまっていた。

「これは福島大学の伊部先生という方によって書かれたものです。一般の人たちにもわかりやすいようにまとめられていますが、よく読むと、眠れなくなるほど、怖い内容です。伊部先生は、共産党や労働組合などの組織とは関係なく、長年たった一人で、膨大な資料を読み解き、管理してきた、高潔な信念の方です」

ページをめくると、細かい文字がびっしりと連なっている。決して長いものではないが、幾重にも堆積した地層のように、現代史の暗部が書き込まれているようだった。読み解くにはずいぶん時間がかかりそうだ。いや、一生かかっても読み解けない、暗号のように思えて、一瞬気が遠くなりかけた。しかし家族を失った亜里沙にとって、時間はたっぷりある。これは新たに亜里沙に与えられた使命なのかもしれないと思った。

はじめの方には、下山事件、三鷹事件など、当時続けて起こった事件の詳細が書かれていたが、亜里沙は松川事件の項に、目を惹《ひ》きつけられた。

＊

『戦後謀略事件の背景と下山・三鷹・松川事件』抄

【松川事件　…有人旅客列車脱線転覆・致死事件】

下山事件、三鷹事件の後、巷では第2、第3の三鷹事件が起こるという噂が飛び交っていた。その予測通り、8月17日午前3時9分（夏時間、現在の2時9分）ごろ、東北本線金谷川〜松川間で、青森発奥羽本線経由の上り上野行き普通旅客列車（9両編成で630人ほどが乗車）が脱線・転覆して、先頭機関車の乗務員3人が死亡した。これが松川事件の発生である。

現場は権現山を巡る右カーブ・上り勾配の地点で、近くに人家はなかった。左側（外側）レールは継目板が外され、犬釘が抜かれて13メートルほど真っ直ぐ前方に跳ね飛んでいた。

午後1時から記者会見した福島地方検察庁の安西光雄検事正と国家地方警察（国警）福島県本部の新井裕隊長（後の警察庁長官）は、「明らかに玄人の計画的犯行であり、鉄道内部の事情を知っている者の犯行である」と語り、翌18日正午に記者会見した増田官房長官は、「今回の列車転覆事件は、集団組織をもってした計画的妨害行為と推定される。その意図するところは、旅客列車の転覆によって被害の多いことを期待したもので、この点、無人列車を暴走させた三鷹事件より更に凶暴な犯罪である。……今回の事件の思想的傾向は、究極において行政整理実施以来惹起した幾多の事件と同一傾向のものだ」と断定した。マスコミは共産党・国労犯人説に立って大々的に報道し、世論の形成に決定的な影響を与えた。

さらに、新井国警隊長は26日の記者会見で、「基本捜査は、2本の幹線と10本位の支線があり、これを1本にできればしめたものだ」と語った。「2本の幹線」は国労福島支部と東芝松川工場労組を示唆しており、そのため、捜査当局は犯行の手口に「素人くさい犯行」を加えながら、当面は「不良刈り」を通じて容疑者の人選と役回りの設定に、なおしばらくの時間をかけることになる。

警察側は、すでに事件発生前から、元線路工手の赤間勝美少年（19）の逮捕と利用を決めていた。こうして9月10日、福島地区署（松川事件捜査本部）は、「不良刈り」の11人目として、赤間を、前年のケンカ＝傷害容疑で別件逮捕した。赤間は連日・連夜の厳しい追及の結果、19日から松川事件の「自白」に追い込まれた。

赤間が事件の翌日に、2人の遊び仲間に対して「夕べ列車転覆があった」と話したことが、事件前夜（16日夜）に「今晩、列車転覆がある」と話した（赤間予言）ことにされ、さらに15日昼の国労組合事務所での列車転覆謀議の様子と、17日未明の現場での線路破壊作業について、自白させられた。

そこで赤間は暴行容疑については21日に釈放されると同時に、警察署を出た途端に今度は松川事件で再逮捕され、翌22日早朝には7人（国鉄5、東芝2）が検挙された。（赤間を含めて8人が第1次検挙）。

捜査当局は新たな逮捕者の中から、同様の手口で新しい自白者を作りながら、10月4日の第2次検挙（東芝6人）、17日の第3次検挙（東芝2人）、21日の第4次検挙（国鉄4人）につなげていった。

その結果、新井談話を裏付けるかのように国鉄10人、東芝10人、合計20人が逮捕・起訴された。20人のうち14人が共産党員であり、8人が自白・自認に追い込まれていた。

そして検察・警察側は、被告たちの分断を狙って、自白者に被告有罪論に立つ国選弁護人をあてがうよう工作した。しかし、裁判開始の直前までにこれを回避して、統一被告団・統一弁護団を実現できたことは、極めて重要であった。

松川裁判の第1審は、12月5日に福島地裁で統一公判として始まった。第1回公判で赤間自身が赤間予言・赤間自白を否定したことは、その予言・自白が事件全体に占める重大性からしても、決定的に重要であった。

検察側の主張する起訴事実（列車転覆致死罪）の基本点は、8月12～16日に11回の順次共謀（一連の前後関係を持った共同謀議）が行われ、国鉄側3人と東芝側2人が現場付近で落ち合い、17日午前2時ごろから20分余りで、バールと自在スパナ（東芝側の3人が松川駅の倉庫から窃取）を使って、線路破壊を行った、というものである。5人による実行については、犯行直前の午前1時53分ごろに現場を通過した上り旅客列車の大西勉機関士が、現場付近の先で、4～5人の男を目撃したと証言したことによっていた。これが事実であれば偽装工作であろう。

また、このうち国鉄（福島）側から3人となったのは、現場から600メートルほど北寄りの薬師堂に寝泊まりしていた物乞いの平田福太郎老人が、事故の15分ほど前に、線路付近での口笛を聞き、「夜遊びから帰る若い連中2、3人が遅れた仲間を呼ぶような感じ」と証言したからである。「時の人」になりかけた平田老人は、直ちに郡山の保護施設に収容・隔離された。そして、東芝（松川）側からの2人は、福島市署巡査部長の佐藤辰雄が入手した写真（東芝の青年活動家らを写したもの）から、2人を選んで赤間に自白させたものであった。

しかし、公判を通じて検察側の主張は次々と崩壊していく。

①線路破壊の基本と手順を決めたとされる13日・15日の連絡謀議（国労事務所）の不存在　……両日とも東芝側からは出席不可能（松川で団交などに参加）であった。13日の中心人物とされた、国鉄の斎藤千は、郡山市署での差し入れで不在であり、15日の中心人物とされた国鉄の鈴木信は、共産党の活動で不在であった。

②バール・自在スパナ　……これらの道具は松川駅構内の保線区線路班倉庫から窃取されたことになっていた。自在スパナでは継目板外しは不可能であり、本来は別な道具＝片口スパナで緩解し、ボルトはハンマーで打ち出して取り外す。しかし、検察側は、あくまでも自在スパナだけによる取り外しを主張した。

なお、保線関係者の中には、継目板のナットが緩んでいる場合は自在スパナでも外せる場合があると指摘する者もいる。ただし、現場で発見された自在スパナには使用の痕跡がなく、検察側が主張する「自在スパナによる緩解」は成り立たない。さらに、自在スパナは、紛失（窃取）を装う数合わせのために国鉄側から警察側に引き渡されていた。

すなわち、60年7月5日、盗まれたはずの自在スパナが、金谷川村の中心部にあった金谷川巡査駐在所の棚の上から発見された。また、主に犬釘を抜くために使用するバールには、ＸＹ字状の刻みがあり（国鉄のものではない）、草色がかった特殊な塗料（出所は占領軍関係か）が付着していた。

つまり、この2つの道具はいずれも外部から持ち込まれたものであった。現場で使われた道具類はおそらく真犯人の一味が持ち去り、ニセの道具類が玉川警視の予言通りに現場脇の水田から発見された。

③真っ直ぐに跳ね飛んでいたレール（37キロ×25メートル＝９２５キロ）……跳ね

飛ぶには両端の継目板を外す必要があるが、バール1本・自在スパナ1挺・5人で、30分以内という想定作業時間では1組しか外せないことになる。このため検察側は手前の1組のみを提出し、残りの2組目は第2審第26回公判（52・2・16）に渋々提出した。

④被告のアリバイ証拠　……赤間の帰宅（現場には行けない）を証明する祖母ミナの証言調書を改作（祖母の文盲を悪用）、斎藤千の郡山市署行きを示す来訪者芳名簿の関係分を抜き取って秘匿、鈴木信の活動記録（鈴木ノート）を秘匿、東芝松川工場での団交記録「諏訪メモ」（国労事務所での8・15連絡謀議に出席していたはずの佐藤一が実際には団交に出席して発言していたことを工場側が記録）を、検察側が秘匿していた。

検察側はこうした無実の証拠を隠し、法廷での無実の論証を無視したままで、50年8月26日、死刑10、無期懲役3、懲役15年3、13年3、10年1を求刑した。その後の判決の経過は次の通りである。

第1審（福島地裁、50・12・6）…死刑5、無期5、有期10　↓被告側が控訴

第2審（仙台高裁、53・12・22）…死刑4、無期2、有期11、無罪3　↓17被告が上告

上告審（最高裁大法廷、59・8・10）…原審破棄・高裁差戻し（評決は7対5）

差戻審（仙台高裁、61・8・8）…全員（17人）無罪　→検察側が再上告
再上告審（最高裁小法廷、63・9・12）…検事上告棄却＝無罪確定（評決は3対1）

第1審で死刑を宣告されたのは、以下の五人である。
＊鈴木信（国労福島分会委員長、国鉄側首謀者、8・15連絡謀議の議長役）
＊本田昇（国労福島支部委員、連絡謀議の中心メンバー、線路破壊作業の指揮者）
＊阿部市次（国労福島分会書記、連絡謀議の中心メンバー）
＊杉浦三郎（松川工場労組組合長、東芝側首謀者）
＊佐藤一（東芝労連からの派遣オルグ、連絡謀議の中心メンバー、線路破壊作業に参加）

第2審では阿部が無期懲役に減刑され、8・13連絡謀議の不成立によって、斎藤千など3人は無罪となってそのまま確定した。しかし、8・13連絡謀議（線路破壊による列車転覆を合意）を前提に8・15連絡謀議（犯行の細部を確認）が開かれたという、検察側の主張（順次共謀の主張）からすれば、検察側が無罪の3人について上告しなかったのは自己矛盾であり、自己破綻を示していた。

ともあれ、こうして松川刑事裁判は5審14年で全員無罪となったが、事件の時効も、

11ヵ月後の64年8月17日午前0時に成立した。

検察側が裁判を長引かせた（とりわけ再上告は明らかな乱上告）のは、最高裁の微妙な力関係によって再度の差戻し、あるいは逆転有罪判決を期待するとともに、仮に敗訴（棄却）となっても、時効に逃げ込む（真犯人追及の責任を回避する）ための、時間稼ぎを図ることが狙いであった。

そこで、時効成立を前にした64年5月19日に、元の被告・家族たちによって松川事件国家賠償請求の民事裁判（松川事件国賠裁判）が提訴された。その目的は、こうした重大・卑劣な権力犯罪を2度と繰り返させないことであった。

提訴に当たっては、警察官や検事たちの個別の違法行為（立証が困難なうえに時効期間が短い）ではなく、捜査段階から裁判の終結に至る全過程を不可分一体のもの（時効の開始は63・9・12最終判決の確定時点から）とする論理を提起した。

国賠裁判では、あくまでも元被告＝真犯人＝賠償無用の立場に固執する被告（国）側と、無実＝無罪＝権力犯罪被害者の立場に立つ原告（元被告とその家族）・弁護側が真っ向から対立した。判決の経過は次の通りであった。

第1審（東京地裁、69・4・23）…元被告は全証拠に照らして無実、国に賠償命令

捜査・逮捕・起訴・裁判継続はいずれも違法　↓国側が控訴

第2審（東京高裁、70・8・1）…国に違法性あり、国に賠償命令　↓国が上告断念
＝確定

この国賠裁判の過程で、これまで検察側が秘匿していた重要証拠（刑事裁判の終結時に、「もう安心」とばかりに返却していた）が改めて証拠採用され、それが元被告たちの無実を立証する新たな証拠となった。その意味で、松川裁判は5審14年ではなく、7審21年であったといえる。


それにつけても、松川事件には不可思議な事態が付きまとっていた。

例えば、国警県本部捜査課次席（次席を置くのは警視庁と福島のみ）の玉川正と福島地検の安西光雄検事正（郡山に出張中）が、異常に早くまだ暗いうちに現場にきていた。つまり、事件の発生を事前に知っていた（知らされていた）ことになる。

しかも、玉川（元特高）は、線路破壊の道具をバールと自在スパナと予言し、ほどなくして線路脇の水田から発見された。バールは水洗いを指示されて、犯人解明につながる指紋・掌紋が消されてしまった。自在スパナには使用の痕跡がなく、玉川・新井らが9月14日に、金谷川駅近くのカーブ地点で継目板の取り外し実験を行って使用の痕跡を

つけた。

現場を午前2時12分ごろ通過予定の下り貨物列車が、白河駅で運転打ち切りとなっていた。これは、十分な犯行時間（2時～2時半ごろ）と、その後の逃走時間を確保するための手立てであった。つまり、松川事件の場合にも列車ダイヤの変更が行われていたのであり、それは連合国軍総司令部（ＧＨＱ）の権限に属することであった。

国鉄側から線路破壊に参加したとされた高橋晴雄は職場事故のために歩行困難であり、闇夜で足場の悪い遠距離・超高速歩行は、不可能であった。1審の長尾裁判長は関係病院からこれを証明する鑑定書を取り寄せながら、これを隠して有罪判決を下した。その後の現地調査でも実証されたように、検察側の主張する想定時間では、健常者はもちろん、一流のランナーでも踏破不能であった。

松川裁判を有罪とするか無罪とするかは、裁判長のその後の運命にも影響した。1審の長尾信裁判長は、50年12月5日の判決言い渡しを、その場で翌日に延期した。しかし、6日になっても判決文の準備が間に合わず、そのため長尾裁判長は求刑丸写しのような杜撰《ずさん》かつ重大な判決を下した。長尾裁判長はいわば非エリート裁判官であったが、定員に余裕がないにもかかわらず、51年3月に、名古屋高裁判事に栄転した。

そうした1審判決を知る名古屋の5人の活動家たちが、長尾を非難するビラを撒《ま》き、長尾は4月14日に名古屋医大の精神科に入院した。病名は鬱病であり、その真因は不可解な1審判決への良心の呵責《かしゃく》だったかも知れない。しかし、彼は病気の原因が理不尽な長尾非難であったかのように、5人を名誉毀損で告訴した。そして、この長尾事件の法廷に退官後の長尾が証人として出廷し、1審裁判へのGHQの干渉については「当然のことと思っていた」と証言した。長尾事件は結局全員有罪となった。

2審の鈴木禎次郎裁判長も判決日を53年11月5日から12月22日に延期し、死刑を含む17人有罪、3人無罪の判決を言い渡した。すでに主権回復後にもかかわらず、仙台の上空には米軍のヘリコプターが旋回し、憲兵が街角に立った。重大判決を言渡した後、鈴木裁判長は「真実は神のみぞ知る」と開き直った。

最高裁の田中耕太郎長官は、54年6月24〜25日の最高裁全国刑事裁判官会同で、鈴木裁判長に報告させ、鈴木の処遇について示唆を与える言及を行った。鈴木はその後秋田地裁所長を経て、再び仙台高裁判事となった。退官後、鈴木は弁護士として仙台弁護士会に所属し、「あの時は家族の命はないと脅されて屈服した」と述懐したと伝えられている。

差戻審で全員無罪を言い渡した門田実裁判長は、仙台高裁の刑事担当部長判事から福岡家裁所長、名古屋家裁所長を経由して定年退官した。こちらは実質的な左遷人事・見せしめ人事といえよう。

「マスコミ裁判」が振りまく共産党・国労犯人説によって世論が支配される中で、被告や家族たちは圧倒的な孤立を余儀なくされた。

警察によるシラミ潰しのような徹底した妨害と干渉の中で、地元での救援運動は独自の困難を伴った。そのため、被告・家族の団結、弁護団の法廷内外での活動、救援活動家の献身的な活動だけでは、1、2審の重大判決を防ぐことができなかった。そこで被告たちは、真実を手紙で訴える活動に精力的に取り組んだ。

被告全員が保釈される59年夏までに、獄中から15万通以上が発信され、外からは6万通以上が送られることになる。他方では、53年の2審判決を前にして、保釈被告や家族の訴えに応えて、総評・国労・東芝労連・日教組などの労働組合が松川支援を決議し、合わせて現地調査を組織して、真実の確認と普及に取り組み始めた。また、2審判決の後から「松川守る会」と総称される個人参加の支援組織が各地に生まれ、最終的には1300組織、会員100万人以上に発展していく。

大衆的な「守る会」運動が生み出す創意と工夫に満ちた活動は、松川事件の真実を底辺から広める重要な役割を担った。広範な文化人も自身の専門性を発揮して支援に参加し始めた。

とりわけ、作家・広津和郎（1891～1968）は、『中央公論』54年4月号から54回にわたって2審判決批判を連載し、もっぱら裁判記録に依拠して、真実の解明をつづけた（↓その後『松川裁判』として刊行）。広津による誌上裁判（判決批判）が、世論に大きな影響を与える一方で、最高裁の田中長官は、「外部の雑音に耳を貸すな」と猛烈な敵意を示し、マスコミ主流もまた自らの追随報道を省みることなく、裁判批判をタブー視した。

58年3月9日には、こうした支援運動に取り組む労組・団体・個人を束ねる松川事件対策協議会（松対協、広津和郎会長）が結成され、被告の救援と公正裁判を求める運動（松川運動）に大きなはずみを生み出した。

その延長線上に、最高裁での10回の口頭弁論（58・11）、死刑被告の全員保釈（59・7・1）、最高裁での差戻し判決（59・8・10）、差戻審の全員無罪判決（61・8・8）、再上告審の無罪確定判決（63・9・12）が実現する。

松川事件は、被告・弁護団・救援運動の三位一体の結合によって、無実の被告たちの救出を実現するという、社会運動史上に特筆すべき金字塔を打ち立てた。松川運動が実践した「大衆的裁判闘争」は、国民と裁判を近づけ、司法の民主化にも貢献した。

第八章　二〇〇六年九月　鎌倉

誰もいないリビングのガラステーブルで、亜里沙はゆっくりと朝食をとった。ベーコンを添えたスクランブルエッグとオニオンソテーは、百合子の好物だった。せがまれて作るうちに、自分もすっかり好きになってしまった。

一人ぼっちの食卓が寂しくならないように、食器もコップも三つずつ並べてある。仕事の書類も片付けずに、無造作に広げたままだ。旅行会社に勤める友人が、外国人向けの観光案内記事の翻訳を回してくれるようになった。商品の紹介を中心にしたライターの仕事と、翻訳の仕事、それに、別れた夫から手渡された少しばかりの慰謝料が、亜里沙の生活費になっている。家族が出て行ってしまったあとの３ＤＫの住まいは、一人で暮らすには広すぎる。いずれここも手放すことになるだろう。夫が書斎として使っていた部屋を、自分の仕事場にしようかと考えたこともある。しかしいくら掃除しても取れないにおいが染み付いているような気がして、集中できない。結局リビングの机が、亜里沙の仕事机になった。

食器棚と大型テレビは夫が持って行ってしまったので、部屋の真ん中が空洞になっている。気のせいか室内の温度まで数度下がってしまったようだ。いたたまれなくなって、古道具屋で買った鳥居の形に似た衣桁《いこう》を、衝立《ついたて》代わりに置くことにした。そしてクローゼットの奥にしまいこんであった、母の若い頃の着物を取り出してみた。

洋装が好きな母だったが、何枚も着物を持っていた。外国からの訪問客があったときや結婚式に招かれたとき、茶会や香会《こうかい》に、華やかな訪問着をまとって出かけて行った母の姿が、鮮明に焼きついている。

「亜里沙ちゃん、このひもを押さえていてくれる？」

そういえば､母の着付けを手伝わされたことがあった。着物に慣れていなかった母は、着付けに手間取り焦っていたせいか、きめの細かい白い頬を上気させていた。

着物をしまってある畳紙《たとうがみ》を開けると、かすかな樟脳《しょうのう》の匂いがする。紙をそっとめくっていくと、艶やかでほっこりとした色の生地が目に飛び込んできた。派手好きだった母らしく、着物の柄行《がらゆ》きも華やかだ。だが生地の色に落ち着きがあるため、決して品がないわけではない。

着物を畳紙から取り出すと、ずっしりと重い。贅沢好きな母が選りすぐって決めた高価な品だったのだろう。衣桁に袖を通して掛けて眺めると、紫紺色の布地いっぱいに桔《き》梗《きょう》や萩《はぎ》や薄《すすき》が細かな筆致で描かれていて、まるで絵画のようだった。

亜里沙には着物を着る習慣はないが、職人の心意気が感じられる豪華な逸品だということだけはわかる。金糸で彩られた細やかな刺繡を眺めていると、快活で美しかった母が、隣に立って微笑んでいる気がする。部屋にぬくもりに似た気配が生じるのだった。


朝食を終えて、亜里沙はのろのろと片づけをはじめた。夫や娘がいた頃の、息つく暇もないせわしない朝のひとときとはまるで違う、たった一人の静かな時間。この先も淡々とした朝が、果てしなく訪れ続けるのだろう。

百合子はごくたまに、絵文字入りの数行のメールをよこしてくれることがあった。それによると、棚瀬の新しい妻は妊娠して、百合子にはもうすぐ妹か弟ができるらしい。多感な時期で少しは心揺れることもあるようだが、それよりボーイフレンドとの付き合いや、演劇部での部活を楽しんでいるみたいだった。百合子がこの部屋に戻ってくることはないが、幸せに暮らしてくれるのならそれでいいと亜里沙は思った。

食器についた卵の黄身を適当に洗い流してから、食器洗い機に並べる。かつてはすぐいっぱいになってしまった洗い機のスペースが、なかなか埋まらない。こんなものは一人暮らしには不要で、棚瀬に持って行ってもらえばよかった。棚瀬の新居では、最新型の機械が設置されているのだろう。隙間だらけの古い食器洗い機のスイッチを押すと、鈍い振動音がした。

手を拭いてから、亜里沙は少しだけ片付いたテーブルに座り直し、カバンの中からメモ帳を取り出した。表紙の裏側に大事にしまった箸袋を取り出して、電話番号が書かれているのを見てから、ふたたび同じ場所に収めた。

家族が出て行ってから、一年近くが過ぎようとしている。今年の春に、亜里沙は思い立って以前から患っていた子宮筋腫の手術を受けた。今までは薬で抑えていたのだが、子どもを産むことのなかった子宮を、いっそのこと早く取り去ってしまいたくなった。亜里沙が急くように手術を受けたいと申し出ると、医師は怪訝そうな顔をした。

麻酔の切れたときに執刀医から見せられた子宮は、なまこのような形をして奇妙な光を放っていた。こんな小さな袋のような臓器から、月ごとに多量の血液が流れ出ていたのだ。しかもここで、棚瀬の子どもを育んでいたのかもしれないのか。そんなことを考えると、心がきしむようだった。棚瀬との日々、そしていとしい娘を忘れるために、自分の体を引きちぎったような思いがして、後ろめたい思いにとらわれた。しかしそれも一瞬のことで、回復していくうちに、清々しい気持ちに変わっていった。産む性としての女ではなく、男でももちろんない、新しい何かに。自分は生まれ変わったのかもしれない。無残に流れていく血液を眺めることは、もう永遠にない。

退院して帰宅すると、亜里沙はまず洗面所の棚にしまっていたナプキンの束を紙袋に入れて、無造作にごみ箱に捨てた。手術で失ったのは子宮だけではなかった。それ以外のよけいなものも、すべて取り去った気がした。失うものは、もはや、何もない。

病院のベッドで亜里沙はH宛に手紙を書こうと筆を握ったが、どんな言葉も嘘くさくなるような気がして、何枚もの便箋を破り捨てた。そして手紙を書くことはやめて、電話をすることにした。電話口で不機嫌な声で罵《ののし》られたほうがましかも知れない。

いざ携帯電話をにぎりしめると、手が震えた。亜里沙の祖父は、Hら被告全員の有罪を唱え、死刑判決を支持していた裁判官なのだ。亜里沙にとっては〝優しいおじいちゃま〟だったが、Hにとっては憎むべき存在だったはずだ。

電話番号のボタンを押しながら、亜里沙は胸の鼓動を抑えるのに必死だった。一回、二回、呼び出し音が鳴る。五回目のコールが鳴った後に、澄んだ声の男性が出た。Hは既に八十歳に近いはずだ。若々しいこの声は、息子さんだろうか。

「あ、あの、Hさんの御宅でいらっしゃいますか」

「はい。そうです」

「Nさんは、ご在宅でしょうか」

「私ですが……」

想像していたよりはるかに明瞭で、歯切れのいい口調だった。

「突然お電話して申し訳ありません。私、中川早雪さんからご紹介を受けた者です」

「中川さん、確かお父さんが支援運動をしていた。存じております」

「あの、私、裁判官のS坂の孫でございます。S坂の名前、覚えていらっしゃいますか」

「S坂さん。S坂益雄さんの、お孫さんという、ことですか」

祖父の名前が、フルネームでよどみなくすらすらと出たことに亜里沙は驚いた。

「こんなお電話をおかけして、大変失礼とは思ったのですが、松川事件のことを知りたいと思いまして」

「はあ……」

相手は何か言いよどんでいるようだった。自分を死罪に追いやろうとした者の孫娘からいきなり電話があったら、驚くのもあたりまえだ。気まずい気配が漂った。亜里沙は言葉を探した。胸の鼓動が更に速くなってゆく。

「祖父は、私が小学生の頃に死んでおりますが。死ぬ少し前に、死刑制度廃止を支持するようになったと聞いています。じつは、まことに厚かましいのですが、Hさんにぜひ一度、お話を聞かせて頂きたいと思いまして……」

「S坂さんが、死刑制度廃止を、支持ですって?」

受話器の向こうから静かな息づかいが聞こえてくる。しばらく沈黙した後、Hの声のトーンは低く、柔らかくなっていた。

「それは初耳です。あの方は、最後まで我々の有罪を、強硬に主張なさっていましたから。どうしてああまで頑なに主張なさるのか、非常に疑問でした。でも、そうですか。最後は死刑廃止を……。そしてお孫さんが、事件のことを調べていらっしゃる。そうですか……」

「は、はい。突然こんなお電話をして、本当に申し訳ありません」

亜里沙は受話器に向かって、すがりつきたい思いだった。

「お会いしましょう。電話では語りつくせないこともありますから」

「会っていただけるんですか……」

「お会いしたいです。生きているうちにそんなお話をうかがえて、私も嬉しい。そうですか。死刑廃止を……」

亜里沙の掌は、汗が滴るほど濡れていた。

＊

Hと待ち合わせをした鎌倉に向かう電車の中で、亜里沙は『最高裁全裁判官』という本を手にとって松川事件の判決について書かれた箇所を読み返してみた。それはいつもパソコンの横に置いて折に触れては読み返す大切な本だった。

一九五九年の最高裁における第一次上告審では、多数意見の七人が「仙台高等裁判所に差戻し」を支持している。上告棄却で、仙台高裁の判決である有罪を支持したのは、田中耕太郎長官を含めて五人。祖父も有罪説で、高等裁判所の判決を破棄し、事件について最高裁で自ら判決する「破棄自判」説を取った。

差戻審の仙台高裁では、ついに無罪の判決が下された。判決を受けて今度は検察側が有罪を主張し上告した。

一九六三年の最高裁での第二次上告審では、関与した四裁判官のうち三人が、有罪を主張する検察側の上告を棄却し、仙台高裁の無罪判決を支持した。だが祖父一人が再度有罪を主張し、「破棄、差戻し」として反対意見を述べている。

「原判決が赤間、高橋、本田のアリバイを決定的としたのは、これこそ虚偽架空の所説、妄断である。判決の根本的誤謬《ごびゅう》がある。原判決には新証拠としているものもあるが、価値のないもので、いたるところで虚妄な論断をあえてしている。しかもその論議の進め方は偏向的で高圧的で独断と欺瞞《ぎまん》に満ち満ちている。これが裁判官のものした判決文であるかと思うほどに世にも驚嘆に値する判決文である。いたるところで審理不尽、理由不備、事実誤認の欠陥を露呈している。このような判決を見逃すことは刑事訴訟法四一一条の正義の観念に反する。よって原裁判所に差し戻すべきである」

祖父のこの興奮状態とも思える、自負に満ちた文章は、いったい何を拠り所にしているのだろうか、と亜里沙は考える。いくらか赤くなりかかっている陽の光が、本の頁をうすく染めていた。


祖父の意見への反論を補足する意見として、斎藤朔郎裁判官が述べた意見を亜里沙は何度も読み返した。斎藤氏の持論は「裁判官は法の番人ではなく、生きた人権擁護者でなければならぬ」であり、祖父とは反対の立場といえる。

「捜査中の自白内容に矛盾があるとき、裁判所としてその真実性を充分に吟味できないので、自白以外の有力、的確な別の証拠がない限りは、裁判所が真実性を認めることはできない。私はいたずらに捜査当局を不信呼ばわりするつもりはない。真実は期間に拘束されないといわれ、事実発見のため訴訟が長くかかってもやむをえないという考え方がある。しかしこの考え方は近代的な自由主義的法律思想のもとでは許されない考え方で、全体主義的国家の法律思想である。現在の刑事訴訟のもとでは、被告人が有罪か無罪か証拠で確定できないということもまた、刑事訴訟法第一条にいう事案の真相の一つにほかならないと考えざるをえない。むろん、こうしたことのため真相の究明をゆるがせにすることは許されないが、無罪裁判で真犯人が別に現れて、被告の無罪が決定的に証明できるような場合はほとんどまれである。多くの場合、有罪の認定をするには、なお合理的な疑いが残っているという程度で、事件に終止符を打たざるをえない場合が普通である。それ以上の審理を尽さなければならないとすることは、国家が裁判所に課している責務の範囲外のことを裁判所に求めることである」

斎藤裁判官は敗戦後ハバロフスクで抑留生活をおくり、帰国後いったん退官し、一九四七年十月に大阪で弁護士登録したが、四九年四月再び裁判官に返り咲き、大阪高裁の刑事部に勤務した。最高裁入りは六二年、六十二歳のときだ。抑留生活で自由の拘束がどれほど辛いかを体験し、それが斎藤判事の人生観を変え、このときから刑事裁判に力を入れ始めたという。

最高裁入りするときの抱負として「裁判は敏速かつ適正にやることが大切。正しいというのがどういうことかが問題だ。法解釈、事実認定いずれも裁判の世界で絶対的な正しさを求めるのは至難である。結局できるだけたくさんの人の納得を得られるような裁判が正しいと私は考えている。素人の立場から考え直してみるなど、専門的な知識や技術に振り回されないように心がけたい」とも述べている。

専門的な知識に振り回されないように心がける……。実績も地位もある人がこういう言葉を口にするには勇気がいるのではないか。斎藤氏の誠実な人柄が伝わってくる。謙虚なまなざしでいてこそ、はじめて見えてくるものがあるのではないかと思う。

無罪判決を言い渡した後に、記者会見で斎藤判事は以下のように話した。

「事件はむずかしく、第一審から再上告審まで合計二十二人（延べ人員では二十五人。うち三人は二回の上告審に関与。実人員が二十二人）の裁判官が関与したことになるが、クロ説は十一人、シロ説は私も含めて十一人。これをみてもいかにむずかしい事件だったかがわかると思う」

語り口は静かで穏やかだったが、口調は確信に満ちたものだったという。

「私は淡々とした気持ちで事件をみてきた。有罪、無罪に執着すると検察と裁判の区別がつかなくなる。大切なのは合理的な疑いがあるかどうかで、この点、連絡謀議の存在についての疑いは解消しなかった。赤間、浜崎両被告の自白も不合理なもので、私はこれでは有罪にできないとの結論になった。この結論については、だれが百万言を費やしても私には説得力はない」

しかし祖父はあくまでも強気だった。多数意見の是認を批判している。

「私は三対一で敗れた。しかし本当は敗れたとは思っていない」

そう言い切り、斎藤裁判官と意見が対立したことについては、こう述べている。

「裁判に対する態度の違いであり、極言すると人生への生き方の相違である」

その後斎藤氏は祖父の反対意見を意識しつつ、『法の支配』という雑誌に「自由心証―すなわち、証拠の支配」という論文を投稿している。斎藤氏最後の論文である。

「人の上に人をつくらず、人の下に人をつくらずという意味の、福沢翁の名言は、私のつねに愛誦《あいしょう》している言葉の一つである。人が人を裁くことを是認できるのは、裁く人が裁かれる人よりも上であるからではない。それは、裁く人が法と証拠という客観的なものに支配されているからこそ、他人を裁くことが許されるのである。もしも、裁く人が法と証拠の支配に従順に服するものでなければ、裁く人個人の良心によって、他人を支配することになる。近代の裁判制度の発達は、あらためていうまでもなく、いかにして人による支配の欠陥を防止しようとするかの努力の結晶にほかならない」

「裁判官は、証拠の忠実な従僕として、その証拠のそなえている支配力に従順に服さなければならない。それは、その証拠のあるがままの姿、その証拠が現にそなえている証明力のそのままの程度を、裁判官の心証に写し取るということであって、これが裁判官の証拠に接する基本的な態度でなければならない」

「同じ時代に、同僚としてひとしく、裁判所に職を奉じて、合議部を構成している裁判官のうちで、人生観を異にするがために、証拠の評価の結論を異にするような事例があろうとは思われない。その差異の生じる原因は、先に述べたように、証拠に接する当初における裁判官の基本的な態度、心理的状態の差異によるものと考える。自由心証の本質は、当該証拠が現にそなえている証明力を、それ以上にも、それ以下にも、評価しないで、そのあるがままの証明力の支配に忠実に服従すること以外にはないのである」

斎藤判事はこの論文を書いてから約二ヵ月後に胃穿孔《いせんこう》性の腹膜炎で入院し、松川判決の約一年後の一九六四年八月に亡くなった。最高裁判事としての在任期間は二年二ヵ月余で、その間、実質九件の補足意見、意見、反対意見を残しつつ、松川事件の処理に主力を注いだという。

斎藤判事の死を聞いて、祖父の胸に去来したものは何だったのだろうか。斎藤判事が死を賭して発した言葉の重みに圧倒される。

本を閉じてしばらく目をつぶっていると、鎌倉駅に着いたことを告げるアナウンスが聞こえてきた。

＊

傾きかけた日の射す小さなティールームで、亜里沙はロシア風紅茶を頼んだ。Hが指定したのは、駅前の商店街を一筋入ったところにある店だった。入り口は木の桟の間にガラスを塡《は》めた、ちょっと古風な雰囲気のする喫茶店だったが、座り心地のよい椅子が客を安らがせる。昔聴いたことのあるピアノコンチェルトが流れていた。Hはここで本を読んだり思索にふけったりするのだと聞いた。椅子に座って店を見渡すと、海の底に沈んでいくような、ほのかな安堵感を覚えた。

熱い紅茶が、ドイツ製の青い小花の描かれたティーカップに入って、ジャムの小瓶と一緒に、銀色の皿に載って運ばれてきた。ジャムをスプーンにすくって、紅茶に入れて静かにかき回す。紅茶の香りとジャムの甘酸っぱさが溶け込んで、鼻腔をくすぐる。マスターの小さな咳払い以外はほとんど何の音も聞こえない。亜里沙が熱い紅茶をさまして、一口すすったときに、扉がかすかなきしみを立てた。小柄の白髪の男性が入り口に立っていた。

マスターが目を細めて軽く会釈すると、男もうなずくようなしぐさをした。そして亜里沙の方に向かって、歩幅を広く、真っ直ぐに歩いて来た。他にいた客が男性ばかりだったとはいうものの、男の迷いのないしぐさに亜里沙はたじろいだ。あわてて紅茶のカップを置いて立ち上がると、ソーサーに少しだけお茶がこぼれた。

たっぷりとした白髪、艶やかな顔色をした男が、亜里沙の前に立っている。声の感じで想像はしていたものの、それ以上に若々しい姿だった。

「はじめまして。今日はご足労頂き、ありがとうございます」

亜里沙は頭を下げながら震えていた。

松川事件の元被告Hは、一九二六年生まれ。福島市立商業実務青年学校卒業。国鉄郡山駅に勤務し、海軍に召集され、四五年八月に国鉄に復職。

四八年六月から、国労福島支部執行委員となり、四九年七月四日に解雇される。

同九月二十二日に逮捕され一九五九年七月一日に保釈されるまで、拘束日数はのべ三千五百六十八日。

死刑囚として二十代の大半をすごしたH。まぎれもない本人が、目の前にいる。

Hは穏やかな温かい表情をしていた。亜里沙の緊張が少しずつほぐれていった。Hはゆっくりと腰を掛けると、「いつものをお願いします」と、コーヒーを注文した。

「本当に驚きました。まさかS坂さんのお孫さんから電話がかかってくるとは思わなかった」

Hが柔和な笑みを浮かべて言う。

「申し訳ありません。厚かましいとは、思ったのですが。以前からずっと調べたいと考えていたことでした。でも、機が熟さなかったと言いますか。今は……。ようやく、きちんと向き合いたいと思ったんです」

「失礼ですが、中川早雪さんとはどんなご関係で……」

「父が、以前に、大変お世話になっていた、方です」

Hは訝しげな表情をした。

「お父さま、S坂判事のご子息は、ご健在なのですか」

「七年前に、亡くなりました」

「お母様は」

「ずっと入院しております。父が死んだことも、知らないはずです」

「そうでしたか。個人的なことをお尋ねして恐縮です」

「いえ、どうぞ、私のことでしたら何でも聞いて下さい。私がこんな大それたことをお尋ねしに来たのですから……」

Hの視線が亜里沙の薬指のあたりをさまよった気がした。亜里沙の指には、この間まで填めていた指輪の跡がかすかに白く残っている。相手にそこまで見えるはずはなかったが、おもわず右手で薬指を覆った。

「あの、祖父のこと、何でもいいんです。祖父のことをどんな風に思っていらしたか、教えて頂くことはできないでしょうか」

「おじいさまが亡くなったのは、あなたがいくつのときだったのですか」

「一九七一年ですから、私は小学生でした。でも六年生でしたし、葬儀のことはよく覚えています。たくさんの参列者がいて、お辞儀をし続けるのに疲れた記憶があります。昭和天皇から花が届いていたのには驚きました。祖父は昭和天皇から可愛がられていたようです」

「そうですか。そんな盛大なご葬儀だったのですね」

「すみません、変なことを申し上げて」

「いえいえ、構いません。あなたから見たおじいさまと、私から見たおじいさまは全然違う。当たり前でしょう」

俯いた亜里沙に、Hは慌てたように、穏やかな声を出した。なぜこんなに優しくなれるのだろう、と亜里沙は思った。亜里沙の祖父は、この優しい老人を、死に追いやろうとしたことがあるのだ。

「ありがとうございます。それで、祖父の印象を何か教えてもらえないでしょうか」

「最高裁でお見かけしただけですから、間近でお目にかかったわけではありません。ですので、印象というのとは違いますが。おじいさまは、法廷の遠く高いところから、我々を見下ろしていらっしゃった。そんな思いしか私にはありません」

ほの暗い喫茶店の照明の下で、Hのまなざしが煌々《こうこう》と光っている。

「執拗に被告の有罪を書きたいという、その執念は何だったのか、私も知りたい。無罪を必死で訴えている被告たちを前に、あくまでも有罪を唱え続けた。あの執念は何だったのでしょう」

Hがこぶしを握りしめている。声が朗々として、力が漲《みなぎ》ってくるのが伝わる。

「私は健康な若者でした。死とは全く無縁の……。それがある日突然、地平線の彼方に死がぼんやりと見えたのですよ。それが少しずつ近づいて来るという毎日でした」

Hはコーヒーを口にするとしばらく黙った。

「一審の判決言渡しは、その場で翌日に延期されました。翌日の判決でも、裁判長の声が震えていて……。奇妙な雰囲気でした。我々は全員退廷させられたんです。その夜、弁護士が拘置所に死刑だと告げに来ました」

「そのときのお気持ちをうかがっても、いいでしょうか」

「もちろん衝撃はありましたが、一審はまだそれほど深刻ではなかった。二審で覆せると思っていましたから。そのときの裁判長は、定員に余裕がないにも拘らず、名古屋高裁に栄転になっている。ちょっと奇妙な話ですが」

「退官後に、一審裁判へのＧＨＱの干渉について、『当然のことと思っていた』と証言していたと、本で読みました」

「そのように、私も聞いています」

さほど昔のことではない。こんなことが、戦後の日本で、実際に起こっていたのだ。

「二審もまた、判決日が延期され、十七人が、死刑を含む有罪、三人が無罪という判決が出たのですよね」

Hが顔をしかめた。その表情の中に、深いしわが刻まれているのがはじめて分かった。

黙しているHに、亜里沙は問いかけ続ける。

「重大判決を言い渡した後に、裁判長が、『真実は神のみぞ知る』と開き直ったそうですね。既に主権回復後だったのに、仙台の上空には米軍のヘリコプターが旋回し、憲兵が街角に立っていたとか」

Hは苦々しい表情を浮かべたまま身じろぎもしない。

「その裁判長は、退官後弁護士になり、『あの時は、家族の命はないと脅されて屈服した』と述懐したらしいと、書かれていました。こんなこと学校では誰も教えてくれなかった。戦後の日本は、もっとずっといい国になっていたのだと、そのように思い込んでいました……」

Hは亜里沙の目をじっと見つめた。亜里沙はいま、戦後史の証人と直接話をしている、そして自分の発言にその人がうなずいている。歴史の証言に、ほんの僅かではあっても参画しているという興奮を覚えていた。

「私はね、商業実務青年学校というところを出ていて、ものを書いたり読んだり、深く考えたりする習慣はなかったんですよ。上告趣意書を書かされましてね。そのときはもう必死でした。全員のものを集めると、一万頁を超えていました。書き終えたとき、自分にはこれ以上書くことはないと思いましたよ」

Hはしばらく目頭を押さえるしぐさをした。再び目を開いたとき、その目に強い力が宿っていた。

「二審判決の後から、個人参加の、守る会という支援組織が各地に生まれて、最終的には会員が百万人以上にもなりました。広津先生が、『中央公論』にすでに二十回にもわたって二審判決批判を連載して下さったのは、力強かった。地味な、本当に地味な記事だったのに、だんだんに反響を呼んでいきました。読者が増え、発行部数が伸びたそうです。先生はもっぱら裁判記録に依拠して、真実の解明を続けて下さった。私のもとにも沢山の励ましの手紙が届くようになり、面会が続きました。本当にありがたいことでした」

Hの声は、だんだんに震えだした。しかし亜里沙には、聞かなくてはならないことがまだたくさん残されている。

「不躾《ぶしつけ》ですけれど、死刑判決を受けられたときのお気持ち、もう少し詳しく聞かせて頂けないでしょうか」

遠いところを見ていたHのまなざしが、こちらに向けられた。亜里沙の顔を、しばらく凝視している。自分の昔のあざさえも、見透かされているのではないか、とふと思う。

「おじいさまを遠くからしか拝見したことはありませんが、しかしかすかに面影があるような。あなたは、おじいさまに似ていらっしゃる……」

「ええ、そうかも、知れません。親戚の者にもそう言われます。私が祖父の姿に一番似ているって」

「そのあなたが、こうして私の前に現れた。不思議なものですね。無罪が確定したときに、おいくつだったんですか」

「三歳でした。一人娘で、家族中に愛され、何不自由のない生活でした。Hさんのような方たちの存在は、知る由もありませんでした。今だって、知ろうと思わなければ、何も知ることはできなかったと思います」

自分がなにも知らなかったこと、知らされてこなかったことを思った。そして、知らなければならないのだ、と思う。

「二回までも死刑を宣告されますとね、心構えが必要になってきます。執行台に連れて行かれる、不幸にもそのときが来たら、腹をくくらねばなりませんからね。そうなると、死と対話を始めるようになるんですね。自分の死と仲良しと言いましょうか、いつでも肩を組んで旅立てるほどの仲良しでしたね。もし執行台に連れて行かれる日が来たなら、動揺せずに迎えねばならないとも思っていました。しかし一方で、拘置所の鉄の扉が開いたらどんなにいいかと、切ないほどに願いました」

「二十三歳から三十三歳まで拘留されていたんですね。若くて一番夢のある時期を獄中でおくられた。しかもいわれのない罪で……」

「本来ならば夢と希望にあふれた時間だったのでしょう。耐えうるとしたら、自分を虚無というものに近づけるしかなかった。ニヒルというものに私は一時期どっぷり浸《つ》かりました。躍動的な生き生きとしたもの、まばゆいばかりの幸せから、一番遠いところに自分を持っていったのです。無というのは、仏の隣に座ることだというのがよくわかりました」

八十歳を迎えようというのに、これだけ瑞々《みずみず》しくエネルギッシュなHを見ていると、獄中で過ごした当時の肉体は、むごいほどに強健だったのではないかと思う。

「それでも、私たちはこうして出てこられましたから。多くの人に支えられ、無事に出てくることができましたから。ありがたいことです。獄中で私は、確定した死刑囚と一緒にいたんですよ。十年前一緒だった三、四十人の死刑囚は、出獄のときには一人もいなくて、次々と、新たな三十人くらいの人々に替わっていました」

出獄のときには一人もいなくて……。亜里沙はHの言葉に戦慄を覚える。死刑囚の間でも普通の会話を交わしたり、厚い友情が芽生えたりすることがあったに違いない。その人々が一人、また一人と、処刑されていくのを、この人は目撃してきたのだ。亜里沙のそんな思いを見透かすようにHは語り続ける。

「十年の間に、この人は無実だなと思われた人が、その中で少なくとも二人はいました。その人たちをずっと見つめてきて、冤罪をどうにもはらせない重みの中で、人間をあきらめ、生活をあきらめた姿が、思い浮かぶんです。無実だということを叫んではいたけれども、そこには世の中なんてウソッパチだらけだという呪詛《じゅそ》があったんです。人間に対して、社会に対してツバを吐きかけてやりたい気持ちでいながら、やはりその人間たちに対して無実を訴え叫んでいた姿は、悲しい姿として痛烈に印象に残っている。虚偽に虚偽を重ねられて死刑にまでもっていかれると、個人の力ではどうにもならないことを、教えられる姿でした」

亜里沙の生きてきたところとは全く無縁と思われる世界が、Hによって淡々と語られている。しかし決してそれはかけ離れて遠いものなどではない。亜里沙の住んでいた世界の、すぐ裏側に広がっていた影なのだ。

Hが遠いところを見るようなまなざしをして、独り言のように語り始めた。

「私が釈放されたとき、まるで英雄か何かでもあるかのように、皆さんが優しく迎えてくれました。それからの私の人生は、周囲の人たちの温かい応援に支えられて、静かで穏やかな毎日でした。平凡だけれど温かい家庭にも恵まれ、子どもたちが成長していくのを見届けることもできました。しかし……」

Hは口ごもった。

「私たちを支えてくれた人たちの中には、裁判中に家族を亡くされた方もあったと聞いています。しかしその哀しみを乗り越え、大きな力で連帯し、私たちを助けるために闘って下さったんです」

亜里沙をみつめる視線が鋭くなっていく。

「言うまでもないことですが、松川支援運動を大きく支えて下さったのは、広津和郎先生です。ところが私は、晩年の広津先生の口から、『君、ゼロだよ』という言葉を聞いています」

広津氏のその言葉を、亜里沙は書物で読んだことがあった。

「Hさんに、広津先生がそう仰ったんですね。存じております。しかしあのせりふは、一体どんな意味だったのでしょうか」

Hはしばらく考え込むしぐさをした。

「先生が何を仰っているのかさっぱりわかりませんでした。いまだに、広津先生の本当のお気持ちはわかりません。けれどその言葉から伝わる、先生の心の中に広がっていた、ある寂しい感じだけは、決して忘れられません」

Hはしきりに瞬きを繰り返し、遠くを見るまなざしのまま、話を続けた。

「私はね、『先生、ゼロなどということはありませんよ。先生があれだけ粘り強く真剣に松川裁判の批判を展開してくださったおかげで、私たち被告全員の無実の罪がはらされ、生命も救われました。それだけではなく、裁判の公正さはどんな政治体制のもとにあっても守られなければならないもので、守られうるものだと実証してくださったのは、日本の国民にとって、この国の社会と歴史への、大きな希望を与えられたことになります。先生のお仕事は、ゼロなどということはありません』と、そう申し上げたのです」

Hの言葉の一つ一つが、重石となって、亜里沙の胸の底に沈んでゆく。

「広津先生は、それに対して、何と、お答えになられたのでしょうか」

ためらいがちに、亜里沙は尋ねた。Hが語ることはそのまま歴史の一証言なのだ。そう思うと、亜里沙の体は緊張に震えるようだった。

「先生の態度は変わりませんでした。『いや、僕にとっては、ゼロだよ』と同じ言葉を、寂しそうに呟くばかりだったんです……」

Hの口調は淡々としているが、決してぶれることがない。本当にしたたかで強い人なのだと、亜里沙はあらためて思う。

「私はねえ、こうして人より少しばかり特異な体験をしてきた。辛い思いをした代わりに、多くの勇気ある人たちの姿も見てきました。人から非難をされようが、笑われようが、自分の信念を曲げずに、地道にコツコツと、真実を追究しようとする人たちに、私は救われたのです。そんな人びとへの敬意を、私は一日とて忘れたことはありません。しかし一方で、広津先生の言葉も、私から片時も離れないのです。先生の仰った通り、ゼロなのだろうか。しかし、ゼロではないのだと思いたい。先生の言葉についてずっと考えてきましたが、今に至るまで、先生の本当のお気持ちはわからない。きっと最後までわからないのだと思います」

亜里沙はHの話を聞いて、暗い闇の洞を見ているような気がしていた。

ゼロであるとは、意味がなかったということか。そんなはずはない。Hにしろ広津氏にしろ、多くの支援者たちは、みんな懸命に、まさに命を張って闘った。そして大きな成果を得た。それがゼロだというのなら、いったい何に意味があるのだろう。

Hは口を結ぶと同時に目をつぶった。亜里沙はHの閉じられた目を見つめていた。目蓋の隙間から、涙が滲みでていた。声をかけることなどとてもできない、荘厳ともいえる表情をしていた。

長い沈黙の時間が過ぎた。亜里沙はずっと気になっていたことを、ふとHに投げかけてみたくなった。

「あ、あの、こんなことをお尋ねしていいのか悩んだのですが、せっかくお目にかかれたのですから、やはり聞かせて下さい。私の祖父も、何か圧力をかけられていたのでしょうか。Hさんはどう思われますか」

Hの目が開かれた。穏やかだった視線が、急に険しく変化した。

「あなたはどう思われるのですか」

真剣な表情でHが問いかけてきた。

「私は、違うのではないかと、思うんです。祖父は共産主義を憎む気持ちが強かったようです。日本を共産主義から守らなくてはならないと、信じていたのだと思います。祖父は、田中長官に若い頃から心酔していました。その祖父の信条が、利用されたということではないでしょうか。それから、下級審で出された有罪判決が、絶対に正しいと考えていたように思えます。もちろんこれらは、全部私の推測なのですが」

腕を組んでしばらく黙っていたHが、きっぱりと亜里沙に顔を向けた。

「おじいさまが死刑廃止を支持なさっていたというのは……」

「残念ながら祖父が書き残していたものは、処分されていました。はっきりした証拠は出てきませんでした。書き残したものが手元にあったら良かったのですが、何も見つかりませんでした」

Hの顔に、かすかな落胆の色が見えた。亜里沙は申し訳ないような気持ちになって、あわてて続けた。

「祖父は松川裁判の記録を、自分の棺に納めて欲しいと願ったといいます。祖母はとうの昔に亡くなっていて、本当のことは分からないのですが、祖父の書いたものの多くは、祖父と共に葬られてしまったようです」

「そうでしたか……」

「ただ、祖父がそういうことを周囲に漏らしていたのを、家族が人づてに聞いています。私も遠い記憶をたどってみると、祖父の葬儀のときに、そんな話題が出たような気もします」

「あの方が、死刑廃止を支持するようになったとは、ちょっと信じられない気がしますね」

「祖父を知る弁護士の方が書いた本の中に、こんなものがありました。祖父が家庭裁判所の句会に出席したときの話です。祖父は俳句をたしなんでいて、高浜虚子にほめられたこともあったようなのです。その祖父が句会の慰労会で、泣いたというんです」

「それは、また、どうして」

「退官するときに、家裁の方たちが非常に温かくねぎらってくれたのに感激して、思わず立ち上がったとか。そして『裁判所は実に冷たい所だ、さびしい所だ、情がない、人間的な感応道交がかくもない。にもかかわらず同じ裁判所の中の家裁のこの場所で、こんなに心から私をねぎらってご苦労さんと言ってくださる、まことにうれしい』そう言って、涙を流したらしいのです」

「うーん、それは、どういう意味だったんでしょうか」

「このエピソード自体は、松川事件に直接関連することではありません。この本を書いた弁護士さんに、何度か面会を申し込んだのですが、断られました。是非ともお話を聞きたかったのに、残念でした。私の勘でしかないのですが、あるとき祖父は、何か大事なことに気付いたのではないでしょうか。私にはそう思えてなりません」

Hは腕を組んだまま考え込んでいる。

「祖父の死んだ一九七一年頃には、Hさんは何をなさっていたんですか」

「出版社に勤めていました。一九六三年に無罪が確定しましたが、一九六四年から我々は国家賠償訴訟を起こしたんですね。一九七〇年の夏に、国家賠償訴訟の第二審判決がありましてね。裁判所が国側の控訴を棄却しました。国もついに上告を断念して、勝訴が確定したんですよ」

Hの声が急に勢いづいたようだった。

「このことはあまり知られていないかも知れませんが、我々は国に勝ったんです。完璧な勝利でした。その二年前の九月に、広津先生がお亡くなりになられました。先生には、国賠訴訟の結果も見て頂きたかった。判決が下りるとすぐに皆でお墓へ報告に行きました」

「祖父は、国家賠償訴訟にも負けたことを、当然知っていたわけですね。そして、その翌年に死んだんですよね」

そのときから、S坂家の崩壊が始まったのだと亜里沙は思う。S坂の家は、一つの裁判、いや、大きな歴史のうねりに弄《もてあそ》ばれた家族と言えるのかもしれない。

「祖父は激情の人でした。孔子像を見て、自らの気性の激しさをいさめていたとも聞きました。私はその祖父と、とても似たところがあるんです」

「おじいさまによく似ていらっしゃると。外見だけではなく」

そのとき亜里沙の胸に、ある衝動が芽生えた。自分の身の上を、Hの前で、包みかくさず述べてしまいたいという、唐突な衝動だった。

「中川早雪さんが、あるとき私を訪ねて来ました」

「あなた方は、どういうご関係なんですか。中川さんから、私のことを聞いたと仰ったけれど」

Hの表情がにわかに強張った。

「松川とは、直接、関係のないことです。父は当時、公害裁判の被告側弁護人として、企業の立場に立っていました。早雪さんとは銀座のクラブで知り合いました。彼女は一時期、父の愛人だったこともあるようです。私は何も知りませんでしたが、父には、他にも愛人がいたようです。私には腹違いの妹もいたんです。その事実を、早雪さんは私に知らせに来たんです」

「それはまた、どういうわけで」

聞き役の側に回ったHの顔には、戸惑いが見える。

「早雪さんのお父さん、それから伯父さんたちも、松川支援運動に関わっていたそうです。無罪を勝ち取ったときには、家族中でお祝いをしたと聞きました。そのお父さまを早く亡くして。病弱だったお母さんを支えるために、早雪さんは苦労なさったようです。高校を卒業してすぐに東京に出てきた早雪さんは、銀座でスカウトされた。そしてクラブに客として来ていた父と出会ったんです。父は私の話を嬉しそうに語ったそうです。そのとき早雪さんの胸に、ささやかな復讐心が宿ったと言います。無罪の被告たちの死刑を、支持しつづけた非情な裁判官の一族が、こんなにも幸せな生活をしているって……。早雪さんが、父の家族をボロボロにしてやろうと、一瞬思ったとしても、不思議はないのかと、私も今ではそんな風に思えるようになって来ました」

店内の静けさが増したように思えた。誰もが亜里沙の話に耳を傾けているような気がした。それでも亜里沙は、話し続けずにはいられなかった。

「私は父にものすごく可愛がられて育ちました。溺愛されていたと思います。だから、かえって、早雪さんの言葉を聞いて私は猛烈に怒りました。勤めていた弁護士事務所のお金を、愛人のために使っていたというのを聞き、そのことを、事務所に密告したんです。父は職場にいられなくなり、新たに事務所を開き、独立しました。しかし今まで名門法律事務所でいくつもの企業の顧問を引き受けていたときとは、勝手が違いました。父は多額の借金を返さなければならなかった。そのために法に触れるようなことに手を染めて、弁護士会から懲戒処分を受けそうになったのです。そんな不名誉なことには絶対にならないで、と私は父に強硬に訴えました。おじいちゃまの名前を汚さないで欲しいと。そう言って、無理やり弁護士を辞めさせたんです」

その翌日、父は自殺を図って、死にきれずに失踪した。心を痛めた早雪は父を探しあて、故郷の松川に連れて行った。しかしそこまでは、Hに話せなかった。

「結局、最後には松川で、早雪さんの世話になっていました」

「お父さまは早雪さんのそばで、亡くなったと、いうことですか」

「そうです。早雪さんが、父の容態が悪化してから連絡をくれました。会いに行って、驚きました。足がすくみました。父はみすぼらしく、醜く老いさらばえて、見る影もありませんでした」

　Hの顔が更に緊張を増したようだった。

「私は、父からずっと前にもらった葉書を持って行ったんです。祖父の秘書役として、父が国際司法会議についていったときのものです。三歳の私宛に送ってくれた絵葉書でした。それを見て、父は涙を流しました。でも、私には一滴も涙なんて出ませんでした。そのうえ、帰り際に父に向かって、こう言ったんです」

　それまで、どっしりと構えていたHの体が、小刻みに揺れたように見えた。

「こんな姿になったパパのこと、見たくなかったって。昔の立派なパパの姿が、今でも忘れられないって」

　Hに何故これほど会いたいと思ったのか、そのわけがようやく分かった気がした。亜里沙はHに、裁いてもらいたかったのだ。祖父が裁いた、そして誤って裁かれたその人から、裁きを受けたかったのだ。

「昨年、夫と娘は家を出て行きました。母は自分の夢の中に生きています。私はもう一人ぼっちです。これからもずっと、一人で生きていかなくてはなりません」

　亜里沙は、身体が熱くほてっていくのを感じていた。

「私が父に向かってそう言った翌日に、父は死にました。タバコの火の不始末で、焼死したんです。アパートの部屋が半焼して、祖父の写真も、私が幼かった頃の写真も、全ては灰になりました。事故死と言われて、処理されました。でも、私が殺したんだと、そう、思っています」

煙に気付いたアパートの住人が声をかけて回ったせいで、他にけが人が出なかったのが不幸中の幸いだったが、父は煙を吸って呼吸困難に陥り、救出されたときには意識がなかった。早雪が病院に駆けつけたとき、法雄は既に息を引き取っていたという。

「あなたは……」

Hの低い声が、かすかにふるえている。亜里沙はまっすぐに顔を上げた。

「お目にかかれて本当に良かったと思います。ありがとうございました」

亜里沙が晴れやかに微笑むと、Hはしばらく驚いたように目を見開いた。しかしやがてにこりと笑って、手を差し出した。

「ありがとう。私も、あなたにお目にかかれて、嬉しかったですよ」

亜里沙はHの掌をしっかり握った。父の掌と同じで温かかった。

Hはゆっくりと立ち上がり、振り返りもせずに扉に向かって歩いて行った。多分二度と見ることのないHの姿を、亜里沙はじっと見送った。それから、すっかり冷めてしまった紅茶を飲み干し立ち上がった。

第九章　二〇〇七年一月　吉祥寺

昼日中から蛍光灯の光で煌々と照らされた廊下を、亜里沙は足早に歩いて行った。めざすのは何回か通った病室で、そこには叔母の倫子が再入院している。

夢の中に生きている母の絹子の他には、今ではたった一人の身内になってしまった叔母の倫子から、時々電話がかかって来るようになった。死期を悟った倫子の切々とした寂寥《せきりょう》感が、電話口から亜里沙の体にしみわたるようだった。倫子は決して弱音は吐かない。むしろ淡々と、時には明るく振る舞ってもいた。しかし毎回電話を切るときにくり返される「亜里沙ちゃん、体に気をつけるのよ」という、すがるような声からは、倫子の覚悟のほどがうかがえた。

亜里沙が集め、書き留めた、祖父と松川事件に関する資料は、かなりの枚数になっていた。亜里沙は事件の元被告を訪ね、松川事件研究の第一人者である福島大学の伊部教授の許をも、度々訪れた。

主任弁護人だった O 氏には取材を断られたが、それ以外は、「敵役」ともいえる判事の身内にしては、驚くほど皆が温かく接してくれた。祖父の名前を語ると、最初は一様に強張った表情を浮かべたが、亜里沙の真意を聞くと、皆が協力を惜しまなかった。

「松川運動はもっとも幸せな形で結実した市民運動」と言われているが、亜里沙は事件に関わった人たちの、懐の深さを感じずにはいられなかった。

この原稿をどんな形でもいい、世に出したいという思いがつのってきた。

*

倫子は病室のベッドの布団の中から、枯れ枝のように細くなった腕を伸ばし、亜里沙のスカートをつかんだ。息が苦しそうだった。

「あなたのおじいちゃまはね、亡くなる前の半年間、まるで夢と現《うつつ》をさまようみたいだったのよ。時々目覚めて、夢の中のことを語るの。白い馬にまたがって海岸線を走っていた、とか、さんご礁が見える透き通った海をみつめていた、とか。ほとんどうわ言のように。目覚めても瞳はぼんやりしていたし、正気とは言えなかったと思う。一回だけね、ひどくうなされていたことがあるの」

　椅子に浅く腰掛けていた亜里沙は思わず体を引いた。倫子の腕を布団の中に戻して、深く座りなおした。

　祖父の最晩年の姿が、亜里沙の記憶の中にもかすかに残っている。応接間の隣の十畳の和室に、祖父は横たわっていた。庭の一番よく見える部屋だった。少し具合のいい日には、家族に支えられながら上半身を起き上がらせて、庭をぼんやりと眺めていた。丹精こめて育てていた植物や、池の鯉のことを、涙をにじませて案じている姿を思い出す。ひどく寂しそうな不安げなまなざしだった気がする。祖父の姿が倫子に重なって、胸がつまった。


「私はずっとここにいるから、安心して。ちゃんとお話を聞いていますから」

　亜里沙がなだめるように囁くと、倫子は少し安堵の表情を浮かべた。そして小さく咳をした。亜里沙がさすろうとすると、倫子が拒むしぐさをした。かつてふくよかだった倫子の胸元には、もうなだらかな曲線はない。急に倫子のことが不憫になった。

「松川事件に続いて八海《やかい》事件も。自分の下した判決が次々覆って、きっと弱気になっていたのでしょう。それに体が刻々と弱っていくのを感じて、あらためて死刑判決の持つ意味を考え直したのかもしれない。おじいちゃまはカトリックに入信しようと考えていた時期もあるようなの」

「何か言ったんですか、おじいちゃまは」

「私たち家族は、おじいちゃまから死刑制度についての考えを、はっきり聞いたわけではないのよ。ただね、亡くなった後に、知人の方から聞いたの。数人の方からね」

「おじいちゃまが死刑制度廃止を支持するようになったと、父から聞いたのを、私も覚えています」

「そうねえ。きっと、そうなのかもしれない」

八海事件は単独犯行か五人共犯かを争った冤罪事件だ。第一次差戻審で四人に無罪判決が出たが、祖父は一九六二年五月の第二次上告審で、「本件は明らかに多数犯行であり、五人共犯の疑いが濃い」として、原判決を破棄し、再度広島高裁に審理のやり直しを命じる判決を下している。

薄日が倫子の頬に暗い翳を落としている。倫子の顔に、死相が表れているように思えた。どうしてこんなことを言い始めたのだろう。自分の父親の死ぬ前の姿を、思い出したのか。倫子もまた夢と現を行き来しながら、遠い昔にさまよっている。

亜里沙はずいぶん前に母から聞かされた、祖父の叙勲の朝のことを思い出していた。

燕尾服に身を包んだ体格のいい祖父と、藤色の色留袖を着た小柄な祖母が、緊張した面持ちで迎えの車に乗り込むのを、家族だけではなく、近隣の住人たちも、恭しく見送ったという。昭和天皇を心から崇拝していた祖父は、陛下に拝謁《はいえつ》、勲章を授与されるのを、どれほど名誉に思ったことだろう。園遊会などで陛下からかけられた言葉の一つ一つを、終生忘れはしなかったと聞いている。

祖父が目の前の大きな目標としていたのが田中耕太郎氏だったとしたなら、頭上高くに仰いでいたのが昭和天皇だった。

叙勲は一九六五年のことなので、祖父はその後六年間生きた。国家賠償裁判で国に違法性ありと確定したのが一九七〇年、祖父が死んだのはその翌年だ。祖父が死刑制度に懐疑的になったとしたなら、それは一体いつの頃からなのだろう。

アムネスティの発表によると、二〇〇七年一月現在、八十八の国と地域があらゆる犯罪に対する死刑を廃止しているという。そして十ヵ国が戦時の犯罪など例外的な犯罪を除くすべての死刑を廃止し、三十一ヵ国が、事実上の死刑廃止国と考えられる。これらの国々は法律上では死刑を存置しているが、過去十年以上いっさいの執行がされておらず、死刑執行をしない政策、または確立した慣例を持っていると思われる。つまり合計百二十九ヵ国が、死刑を法律上または事実上廃止していることになる。

日本では現在も死刑が執行されている。安倍内閣で法務大臣に任命された長勢法相は、就任した際「法治国家で確定した裁判の執行は厳正に行われるべき。法の規定に沿って判断したい」と死刑執行に対する、自身の信念を述べた。二〇〇六年十二月には、四人の死刑囚に対する死刑執行命令書に署名し、十二月二十五日に刑が執行された。前任の杉浦正健か、信教上の理由で執行命令書に署名しなかったため、二〇〇五年九月以来の死刑執行となった。

現在の日本の世論では、死刑存置の意見が八割を占めているという。

冤罪と死刑制度の問題を混同はできない。犯罪に巻き込まれた方たちとご遺族の無念を思うと、安易に死刑廃止を主張することに躊躇《ためら》いもある。しかし亜里沙は、祖父から重い問いを託されたような気がしてならなかった。

ふいに病室の外から足音がした。パタパタと軽やかに音を響かせているのは、子どもだろうか。

亜里沙が廊下に出てみると、子ども連れの女がいる。ぼんやり眺めていると、女が歩きながらこちらに向かって深く頭を下げた。亜里沙は周囲を見回したが、自分の他には誰もいない。どこかで会ったことがあっただろうか。しきりに思い出そうとしたが、答えが出ない。女は三十代のはじめくらいで、倫子の友人と考えると、年齢が開きすぎている。

目元や唇のあたりに、不思議に懐かしいものを感じた。女が身につけているのは白いブラウスと紺のスカートで、手には黒いコートを持っている。質素だが清潔な印象だ。男の子は四歳か五歳くらいだろう。年齢にしては大人びた様子で、緊張しているのか母親の手を握りしめ、こちらをじっとうかがっている。白いシャツに紺のセーター、チェックの半ズボンを穿いて、ひざ小僧にはすりむいた痕があった。男の子の表情にも、どこか見覚えがあるような気がする。

「はじめてお目にかかります。わたし、あの、倫子おばさまにご紹介いただきましたでしょうか。亜美と申します。友永亜美です」

亜美と名乗る女は、体を直角に折り曲げるように、深々と頭を下げた。

亜美。それは父が愛人に産ませた女の子の名前だった。

今、目の前にいるこの女。ひたすら頭を下げておびえているようなこの女が、自分の血を分けた妹なのだ。倫子が死ぬ前に、姉妹二人の仲を取り持とうと思って、呼び寄せたに違いない。

「あなたが……」

亜里沙が次の言葉を探しあぐねていると、女は恥じらうように微笑んだ。

「お会いしたいと、ずっと思っていました。母からいつも亜里沙さんのことを、聞いて育ちましたから」

亜里沙がじっと見つめると、亜美はうすく頰を染めてうつむいた。

「どこで暮らしているの？」

あの離れで暮らしていたこともあるのよね？　という言葉を、亜里沙は言いかけて口をつぐんだ。

「母の結婚相手が札幌の人だったので、小学校から札幌で暮らしてきました。戸籍上の父にはかわいがってもらったけれど、私は本物のお父さんに憧れ続けました。小さい頃、時々来てくれたお父さんの、たばことコロンのまざった匂いが忘れられません」

この女と亜里沙は、同じ思い出を共有している。亜里沙の知らない場所で、この女も、かつて父の匂いをかいだことがあるのだ。

父親のいない娘。婚外子の境遇。それは亜里沙には想像もつかないことだった。亜美が生まれたことなど知らずに、亜里沙は父親を独占してきた。周りの人々が案ずるほど、父は亜里沙を溺愛した。父は亜里沙の写真の入った手帳を、抱きしめて死んでいったと聞いている。

「お父さんが死んだのは、叔母さまから聞きました。この子、お父さんにそっくりで、名前も一字もらって、法也《のりや》っていうんです」

服装を見ても、決して豊かな暮らしをしていないことが分かる。しかしその瞳には、落ち着きと温かみが感じられた。かつて激しく憎んだ異母妹の健やかな姿に、亜里沙は少し安堵した。

「亜里沙さんに、一目見てもらいたかったんです、この子を」

亜美が息子の背中を押した。男の子は照れくさそうにもじもじしていたが、やがて白い歯を見せてにっこり笑った。百合子に出会ったときのことを思い出し、亜里沙は思わずひざまずいた。

「法也くん、こんにちは。いくつ？」

「五歳」

法也は掌をいっぱいに広げ、五本の指を亜里沙に差し出した。亜美が目を細めて見守っている。それはまぎれもない母親の表情だった。

男の子の目の形と鼻の大きさ、それに唇も、法雄にそっくりだった。亜美はそれほど父には似ていなくて、むしろ倫子のおもざしを受け継いでいる。しかし法也は驚くほど父に似ていた。

法也は得意げな顔で、ズボンのポケットから小さな飛行機の模型を取り出した。

「はじめてひこうきにのって、お空を飛んだんだ。ぼくね、大きくなったら、パイロットになるの」

法也は小さな模型飛行機を握りしめて、膝を屈伸させながら、飛行機が離陸するときの真似をしてみせた。頬を上気させ、真剣な表情をしている。

たとえS坂家の人々が途絶えてしまっても、亜美と法也は、世の中の片隅で静かにたくましく生き抜いてくれるのだろう。幼い法也が成長して、松川事件と祖父のことに、関心を持つこともあるのではないか。亜里沙の書いたものを、読む日が来るのかもしれない。

この子のためにも、S坂家と松川事件のことを書き残さなければならないと、亜里沙は思った。

終章

松川裁判は被告たちの無実を実証したが、事件の真の解決には、言うまでもなく、真犯人の解明が不可欠である。これについては幾つかの情況証拠が露見しており、特に実行犯が九人ほどであった可能性が指摘されている。（以下再び、伊部正之著『戦後謀略事件の背景と下山・三鷹・松川事件』より抜粋）

事件は旧盆の終わりに発生したが、前夜の八月十六日の夜、正体不明の少女レビュー（歌舞）団が、松川駅から西に二百メートルほどにあった芝居小屋「松楽座」で、前触れもなく、一夜かぎりの興行を行ったという。

当夜は虚空蔵尊《こくぞうそん》万願寺（十キロほど北の阿武隈川沿い）の盆祭りとも重なっており、盆休みとはいえ、客の入りは期待できないはずであった。松楽座の雇い人の野地タケによれば、せいぜい二百人の入りであった。

団長が公表した団員数のうちの九人は一切姿を見せず、宿泊した形跡もなかった。野地は楽屋に泊まった座員の翌朝の朝食用として、オニギリを二十六個作って届けたが、明らかに宿泊人数よりも多かった。彼女は十一時半ごろに帰宅したが、翌朝六時に掃除に来た時、楽屋にはすでに誰もいなかった。また、松楽座の持ち主に対しても、行き先を告げられないままであった。

その後このレビュー団への関心が高まる中で、松川裁判の確定判決があった翌日、六三年九月十三日の夜、共同通信の記者が大阪で、本名を富永朝太郎というレビュー団団長の島幹雄との会見に成功した。

問題のレビュー団は、戦前は「少女歌劇団」といい、戦時中は軍や情報局と協力して、満州・中国・朝鮮・台湾などを巡演した。戦後は米軍情報部の許可を得て、元特高関係者とともに再建して「日本少女歌舞団」といったが、五十年に解散している。

島団長の話では、

①公演の後で旅館に宿泊している時に半鐘が鳴り、二階の窓からのぞいて見た。

②芝居小屋に泊まっていた男十二、三人が事件後に現場を見に行ったようだ。

③当時警察が調べに来なかったのは不思議に思った。

④翌朝はトラックで二本松に移って興行した。

⑤行方をくらませたことはないし松川事件とはまったく関係ない。

ということであった。果たして、②の男たちが、いつ事件現場に行ったのかは疑問が残り、あるいは別のグループがいた可能性も消えない。

その後しばらくして捜査した警察当局は、「一座はその後安達・二本松・磐城で興行した。一座は事件とはまったく関係ないことがはっきりした」という以外の情報を、一切公表しなかった。

＊

安達郡油井村在住だった斎藤金作は、シベリア帰りの共産党員であった。斎藤の家は松川駅のさらに南、油井村の線路脇にあった。

十六日夜には虚空蔵尊の盆祭りがあり、斎藤は陸羽街道（国道四号線）の浅川踏切（事件現場の北約八百メートル）から線路伝いに帰宅する途中、たまたま線路破壊作業の現場を通過した。そこでは十二人ほどの背の高い人たちが何やら作業をしていたという。

斎藤が帰宅すると、現場から尾行してきた日本人に厳しく口止めされ、その後は警察にも付きまとわれた。不安にかられた斎藤は横浜に逃れて輪タク屋を始めたが、ここでも警察に付きまとわれ、やがて黒人兵の客を乗せたまま行方不明となり、一ヵ月後にクリーク（掘割）から水死体で発見された。家族が駆けつけた時には、すでに荼毘《だび》に付された後であった。

そして五二年六月になって、英文の文書「殺人はバレる」が、主要な労組・新聞社・弁護士に送られてきた。その文書は、松川事件の責任者はアメリカ人であるとしたうえで、斎藤を巡る顚末《てんまつ》が記されていた。それは大筋で事実と合致していた。

何より警察の執拗な追及は、斎藤が見たのが真犯人であったことを証明するものであり、斎藤は口封じのために消された可能性が高い。

また、二人の土蔵破りが、線路破壊作業を終えて現場を引き上げる一団と遭遇した。この二人は差戻審の法廷で証言した。

＊

五八年十一月、最高裁大法廷で松川事件の口頭弁論が開かれていたとき、「東京都内弁護士会館内、松川事件弁護人、松本善明殿」宛に、「愛知県名古屋市熱田区丸高出」で差出人不詳の手紙が届いた。

手紙の日付は十一月十六日で、昭和局の消印（投函）は二十日午前〇～六時であった。松本弁護人は、十日に「八月十五日謀議の不存在　―諏訪メモに関して―」と題する注目の弁論を行ったことが新聞にも報じられており、これが名宛人に選ばれた理由であろう。

手紙の内容は、

①口頭弁論のやりとりが「あっけない」（話にならない）こと

②現犯人（真犯人）はわれわれ七人と共産係の二人であること

③もしも最高裁で被告たちの刑が確定すれば七人（名古屋3、前橋2、岡山2）で自首するつもりであること……などであった。

この手紙からうかがえるのは、以下のことである。

①真犯人なるが故に感じるはずの口頭弁論の「あっけなさ」を指摘していること

②「共産係」というCICの内部用語を自然に使っていること

③実行犯を九人としており、これは当事者以外は知らない「秘密の暴露」にあたること

④無実の被告たちに対する良心の呵責を吐露していること

これが真犯人からの手紙である可能性は極めて高いと思われる。名古屋市から発信さ

れた手紙の背後には、占領軍と結びついた謀略組織の存在が見え隠れする。

手紙については後日談もある。六四年八月十七日に時効が成立して一週間後、同一の発信者からのものと思われる高松からのハガキが、殉職した石田正三機関士の未亡人ツギに届いた。そこには、無罪確定でもはや自首する必要がなくなったので許してほしいこと、自分は四国の札所巡りに出ていることなどが記されており、真犯人なるが故の安堵感と、なお残る良心の呵責と苦悩が読み取れた。

二〇〇八年三月にランダムハウス講談社より発行された『判事の家』の一部を修正・加筆した。

補　章――松川事件のその後

福島大学名誉教授
福島大学松川資料室　伊部正之

本書の第七章では、松川事件の概略が紹介されている。その内容は松川事件の基本的内容、松川裁判の経過、松川運動の展開という三つの要素を含んでおり、時期的には一九四九～七〇年にまたがっている。

松川事件の基本的内容は、明らかに何者かによって引き起こされた線路破壊による列車転覆事件であった。しかし、事件の被告とされた二十人は事件とは全く無関係であった。その意味で、関係者の間では、松川刑事裁判そのものが事件であり、しばしば松川裁判事件と呼ばれていた。また、その後の国家賠償裁判（民事裁判）では、この事件が悪意のない単なる冤罪事件ではなく、国家による意図的な権力犯罪であることが厳しく論定された。

そこで本章では、主として一九七〇年以降に生起したその後の動きを中心に略述することにしたい。

さて、五審におよぶ松川刑事裁判の中の最大の転機は、一九五九年八月十日の最高裁大法廷判決（原審破棄・高裁差戻し）であった。もっぱら憲法違反・判例違反の審理を旨とする最高裁が、事実上の事実審理に踏み込んで裁判のやり直し（仙台高裁への差戻し）を指示したことは、松川裁判を巡る潮目を大転換させるものであり、一九六一年八月八日差戻審判決（全員無罪）を経て、一九六三年九月十二日最高裁小法廷判決（検事上告棄却）によって、松川刑事裁判は終結（無罪確定）する。そして、この無罪確定を前提にして、松川裁判は攻守ところをかえた国賠裁判に引き継がれ、一九七〇年八月一日第二審（東京高裁）判決の確定によって終結する。

その結果、松川事件に関連する被告団（→元被告団）、弁護団、支援組織は、その歴史的な役割を終えて正式に解散し、松川裁判・松川運動で蓄積された膨大な関係資料（東京合同法律事務所と松対協が中心）は、法政大学大原社会問題研究所に寄贈されて、整備・保存されることになった。

次に、松川裁判の進行とも連動しながら、松川運動（被告の救援と公正裁判要求の運動）の側もまた、段階を追って展開していく。第一審（福島地裁）段階では福島中心の組織と活動が中心であったが。第二審（仙台高裁）段階では、仙台（裁判・被告支援）と福島（家族支援）の二方面での活動が必要となった。最高裁段階では、家族（福島）・被告（仙台）・裁判（東京）という三方面の拠点を抱えながら、全国的な活動を強化していく。この間、保釈された被告や二審判決で無罪となった三人の元被告は、引き続き全員が被告団の構成員の立場に立って、救援運動に支えられながら、家族有志とともども全国オルグ（宣伝）活動に邁進する。また、労働運動や各種団体、文化人・著名文化人らの参加、「松川守る会」の広がりを背景にして、一九五八年三月九日松川事件対策協議会（松対協）が結成された。松対協の結成は、松川運動の大衆的な広がりを基盤としているとともに、松川運動の飛躍を呼び起こす新たな転機となった。その中で、新聞・雑誌などの論調が大きく転換し、それが国民世論の変化にも大きな影響を与えた。九年間も行方不明（検察が秘匿）であった「諏訪メモ」の顕出（一九五八年九月）、最高裁による差戻判決（一九五九年八月）などは、こうした文脈の中で実現した。

一九六三年九月十二日確定判決は、松川運動にさらに大きな転換を迫った。松対協は、一九六三年末をもって（元）被告全員の専従体制を解除することにした。つまり、元被告の社会復帰が求められることになり、三人が松対協事務局（→国賠裁判事務局）に残留し、三人が各地の救援会府県本部に専従するなどである。そして、被告全員の無罪が実現したことで、松対協はその歴史的な役割を終えて、松川事件の時効成立日（一九六四年八月十七日）をもって解散し、後日、新たに提起された国賠裁判に対応する「松川事件の責任を追及する全国連絡会議」（松全連）が結成された。

ところで、松対協は、解散を前にして二つの課題を確認した。松川記念塔の建立と松川資料館の建設である。これはいずれも地元の福島県松対協の提起によるものであった。

松川記念塔（松川の塔）は、一九六四年九月十二日（無罪確定判決一周年記念日）に事件現場を見下ろす丘に建てられた。台座の底辺は約五メートル四方、高さは十二・五メートルの四角錘をなしている。記念塔の下段正面に刻まれた碑文は広津和郎の草案に基づくものであり、松川事件・松川裁判・松川運動の全体像を簡潔・明瞭に示している。しかし、その後の記念塔は、事件や裁判（判決）の記念日などに関連した来訪者はあるものの、人影の絶えた記念塔の痛み（石垣の崩れや入口石段の草藪化など）が進行し、その姿はまるで「荒城の月」を連想させるような荒れた状態となってしまった。ただし、記念塔は一九九三年に新しい装いを獲得することになるが、それは次に見る松川資料室の開設と深く関わっている。

他方で、福島市内に「松川資料館」を建設するという課題は、これを支えるべき松川運動がかつての勢いを失って衰退せざるを得なかったこと、そして建設の責任が地元の福島に委ねられたこと、という事情も手伝って、早々に事実上立ち消えになってしまった。しかし、それから二十年後、福島市内の中心部にあった福島大学が事件現場に近い南郊の市内松川町に移転したことなどを契機として、新しい展開が始まる。この時期には、元被告や関係者の高齢化とも関連して、関係資料の収集保存を求める声が高まってきた、こうして、経済学部教授会の決定として、一九八四年六月から松川事件関連資料の収集保存事業が開始され、一九八八年十月に学内に「松川資料室」が開設された。松川資料の収集開始と資料室の開設は、地元はもとより全国的にも大きなニュースとなった。松川事件の風化を防ぎ、後世に正しく継承するという基本的な考え方に立てば、資料室の設置と公開は当然の筋道であった。収集資料の公開約束は、資料所有者の協力意欲（自分が提供した資料は確実安全に保存されていつでも会いに行ける）を与え、「運動としての資料収集」に弾みをつける効果を高めた。資料室の誕生の結果、毎年実に多くの人たちが様々な目的を持って来訪する様になった。同時に、松川資料室と事件現場や記念塔を合わせて訪れる「松川ツアー」が様々に組織されるようになった。さらに、こうした動きに応えて、松川無罪確定三十周年にあたる一九九三年には、記念塔周辺の拡張・整備が行われ、関係者によって「松川記念塔公園」の呼び名が生まれた。この名称は、現在では住宅地図にも採用されている。今日では十万点を数えるまでになった関係資料は、研究・教育・著作・見学・研修など、様々な目的に利用されている。文部科学省からは、「松川資料は大学による社会貢献の特筆すべき実例」という評価を受けており、資料館研究の専門家からも、丹念な資料整備と懇切丁寧な対応に対して最も高いレベルの施設という折り紙を付けていただいている。そして、特に元被告にとっては、松川記念塔や松川資料室の存在は、高齢期を生きる縁《よすが》となっている。

松川事件発生四十周年にあたる一九八九年に、中央（東京）と福島で松川運動記念会が結成された。東京での中心メンバーは、松川事件元被告、元松川事件弁護人、学者研究者、元松川運動幹部などであり、地元の福島からも幹部級の人士が参加した。この組織は松川記念集会の呼びかけ人を務めたりしたとはいえ、組織自体はいわば松川OB会とでもいうべきものであり、大衆的な裾野を持たなかった。このため、メンバーの欠落などが進む中でその力能を弱め、二〇〇六年に福島県の組織に統合して消滅する。その福島県松川運動会は、一定の存在感を発揮しつつ、二〇〇七年春に福島大学との間で松川資料に関する協力協定を結び、松川資料室の運営にも発言力を持つことになった。その結果、松川記念の全国集会などが福島大学を会場にして開催される環境が生まれた。

また、従来から松川資料室として実施してきた松川資料展などにも全面的に協力できるようになっている。

二〇一三年松川事件無罪確定五十周年記念全国集会が、福島大学を会場にして、多くの参加者を得て盛大に開催された。これに合わせて松川資料展が開設されて、普段は公開が難しい大量の貴重資料が会場一杯に展示された。参加者の中にはすでに世界遺産登録活動を成功させた実績のある人物がおり、「これはユネスコ世界記憶遺産に申請しては如何か」という問題提起が行われた。こうして、二〇一六年一月二五日全国的な「松川資料ユネスコ世界記憶遺産登録を推進する会」が結成され、多くの分野から賛同者を得ながら申請準備が始まった。文部科学省が管轄する日本ユネスコ国内委員会が提示する申請要領によると、申請＝登録条件として、資料の世界的重要性、唯一性（代替不可能性）、完全性、公開性が求められており、松川資料の全体を申請するわけにはいかない。そこで十万点の中から約四〇〇〇点を厳選して、二〇一七年五月十日付けで、「松川事件・松川裁判・松川運動の記録（略称　松川資料）」のタイトルで申請した。申請者は福島大学である。しかし、七月二十八日国内委員会からは、他の申請者ともどもに推薦基準を満たさないという理由で却下する旨の通知を受けた。元々、どこがどうダメなのかの通知や指導がない中での文字通り手探りの申請作業のため、とりつく島もないのが実際である。そのため二年後に再チャレンジせよという善意の声がある一方で、余程の新材料が揃わなければ、果たして再チャレンジの道はなかなか以上に険しいというのが現状である。

何はともあれ、未だに多くの未整理資料、新着予定資料を抱えながら、松川資料室は相変わらず営々とたゆみない活動を続けている。

二〇一七年一一月二八日

〈引用文献〉

『戦後謀略事件の背景と下山・三鷹・松川事件』　伊部正之著　福島県松川運動記念会
『最高裁全裁判官　人と判決』　野村二郎著　三省堂
『読むクスリ　ＰＡＲＴＶ』　上前淳一郎著　文藝春秋社
『怠惰の逆説　広津和郎の人生と文学』　松原新一著　講談社
『最高裁調査官報告書　松川裁判にみる心証の軌跡』　大塚一男著　筑摩書房
『私記　松川事件弁護団史』　大塚一男著　日本評論社
『少年法のゆくえ』　森田宗一著　有信堂高文社
「あの人この人訪問記　―第七十七回―」（『法曹』一九六六年一月号）　法曹会
「最高裁ウイスキー党物語」泉徳治稿（『法曹』二〇〇七年六月号）　法曹会

〈参考文献〉

『松川裁判』　広津和郎著　筑摩書房
『私の松川事件』　今井敬弥著　日本評論社
『松川事件　しくまれた事件、その裁判と運動』　松川運動記念会編
『松川事件　謎の累積』　日向康著　新風社文庫

『日本の裁判官』　野村二郎著　講談社現代新書
『若き日の信仰』　田中耕太郎編　三笠書房
『広津和郎』　橋本迪夫著　西田書店
『広津和郎　再考』　橋本迪夫著　西田書店
『という人びと』　永山正昭著　西田書店
『とりもどした瞳　松川の家族たち』　松田解子　野中和枝ほか編　大同書院出版
『現場を見た人』　山田清三郎著　東邦出版社
『下山事件』　森達也著　新潮社
『下山事件　最後の証言』　柴田哲孝著　祥伝社
『葬られた夏　追跡下山事件』　諸永裕司著　朝日新聞社
『隠されたか、日本の恥部　ゾルゲ事件　三鷹事件　松川事件　下山事件』
中山雅城著　文芸社
『ビジュアルニッポン　昭和の時代』　伊藤正直・新田太郎監修　小学館
『昭和ニッポン　一億二千万人の映像』　講談社ＤＶＤブックス
『考える人』二〇〇六年冬号　「特集・一九六二年に帰る」　新潮社
『軽井沢の自然』　中村浩志編著　信濃毎日新聞社

Ⅱ　月のない晩に

――第七一回小説現代新人賞――

私はちっぽけなおんぼろ船の中で膝《ひざ》をかかえてうずくまっている。とても狭い所に人がぎゅうぎゅうつめこまれていて、重くて沈んでしまわないかと心配になるほどだ。暗がりの中でだんだんにまわりが見えるようになってくる。鼻の下から顎《あご》まで髭《ひげ》をはやしている目つきばかり鋭い男。小さな男の子を連れた若い母親。隅のほうに釣り竿が何本も低い天井に届きそうに並んでいて、そこには年嵩《としかさ》の男たちばかりが集まっている。何かに取り憑《つ》かれたみたいにぼう然としている人、おびえたようにしきりに視線を泳がせている人、でも目だけはみんな異様に光っている。むせかえるような空気は人の吐く息と汗の臭いのせいだろう。私は息を殺すようにして出航を待っている。隣をふり向くと、そこにいるのは若い頃のママだ。髪を真中で分けてお下げにした、可愛いえくぼの十七歳の少女だ。

夢の中で、私はいつもママの大好きだったホア姉さんになる。ママは不安そうに眉間に皺《しわ》を寄せて震えている。「姉さん」と言ってママは私にしがみついてくる。

「大丈夫。きっと無事にどこかにたどり着けるから」

私はそう言ってアマの華奢《きやしや》な肩を抱きしめる。ママは少し安堵《あんど》の表情を浮かべて目をとじた。でも私だって本当は不安で胸がつぶれそうなのだ。

船頭が屋根を少しあけた。四角い空の中で星がひしめきあって瞬《またた》いている。ぞっとするほど静かだ。どこかに無事にたどり着いて、陸の上から月や星を眺める日は来るのだろうか。私は今夜も、船に揺られ、ママと一緒にあてどのない旅に出る。

私の名前は雪村花。ママは時々私のことを「はな」と呼ばずに「ホア」と呼ぶ。ベトナム語で「ホア」というのは日本語の花を意味するらしい。私は日本生まれの日本育ち。ママの生まれた国のことは写真でしか知らない。小さい頃、私はママが日本人じゃないなんて知らなかった。ママは他のお友達のお母さんと同じように上手に日本語を喋《しゃべ》ったし、顔立ちだって日本人とまったく変わらなかった。知らない言葉で子守唄を歌ってくれたことがあったけれど、私が「どういうお歌なの」って聞いても微笑むだけで何も教えてはくれなかった。いま考えると、ママは一生懸命に日本人になりきろうとしていたんだと思う。

幼稚園のお弁当にはいつものり巻きやおむすびが入っていた。ひな祭りには七段飾りのお人形を飾って、ちらし寿司と蛤《はまぐり》のお吸い物を作ってくれた。七夕には短冊にお願い事を書いて一緒に笹の葉につるした。ママのお父さんとお母さんは遠くに住んでいるって聞いていた。ママは毎年、短冊に「お父さんとお母さんが元気でいますように」って書いていた。十五夜になるとススキを飾り、お団子を供えてお月見をした。そのときのママときたらお月様をうっとり眺めていて、しばらくうわのそらになってしまうのだ。まだ小さかった私は、ママはかぐや姫になったつもりで月の世界に帰りたいと思っているんじゃないかと心配して、「ママ、かぐや姫っていうのは作り話なんだよ」と教えてあげた。私の方を向いてほほえんだママの顔は、なんだか悲しそうだった。とにかく我が家ではよそのうちよりも日本の年中行事をきちんとやってきたように思う。そしてそのときには必ずパパのお母さんが嬉《うれ》しそうに訪ねて来ていた。

まっすぐの黒髪を肩まで伸ばし、色白で目の大きいママは幼稚園や小学校でもとても目立った。私はそんなママが自慢だった。パパとママは大恋愛の末に結婚したらしい。パパは両親の反対を押し切ってママと二人で横浜の教会で式を挙げたのだ。そこまで愛されたママが私はちょっぴり羨《うらや》ましい。ママの本当の名はトラン・ティ・ランという。パパと結婚してしばらくしてから日本に帰化し、雪村蘭になった。それ以来ママは日本人になろうと無理して努力してきたのだ。辛い記憶を消したかったのかもしれない。

ママが小さな船でベトナムから逃げて来たと知ったのは、私が小学校三年生のときだった。「そろそろ花にも本当のことを話さなくっちゃな」と言ってパパが私に話してくれたから。そのときのママは、にこりともせず怒ったような表情でパパの言葉を聞いていた。「パパがママのことを大好きになって結婚したんだ」って言ったときだけ少し笑った。

　けれども私の背丈が伸びて、ママの死んでしまったホア姉さんに日増しにそっくりになってきてからは、頻《しき》りに昔話をするようになった。最近では私とホア姉さんの区別がつかなくなることもある。パパはママがおかしくなってしまったのかもしれないって心配している。私はパパの顔を睨《にら》みつける。そんな風に片付けてしまおうとするパパは大嫌い。だってママはただちょっと昔と今を行ったり来たりしているだけなのだから。

　サイゴンが陥落してベトナム戦争が終ったのは一九七五年、ママが今の私より一つ年上の十五歳のときだった。その二年後の一九七七年にママは小さな船でベトナムを出国したのだ。


　月のきれいな晩は駄目だって船頭の男が言ったの。明るい晩では誰かに見つかってしまうからって。だから新月の夜を選んだの。家を出るとき、父さんと母さんは涙をいっぱいにためていた。でもママたちはまるで悲しいなんていう気分じゃなかった。それよりも、これからの運命がどうなるのか、一体どこに流れ着くのか、生きてどこかにたどりつけるのか、そればかり考えていた。船に乗りこむ前に見つかったらそのまま牢屋《ろうや》に入れられてしまう。それもとても怖かったの。だからもしかすると最後の別れになるかもしれないというのに、ママたちは父さんと母さんに五ドル紙幣をもらうとそれをぎゅっと握り締めてバスの停留所まで走ったよ。大きな荷物を持っていっては怪しまれるから、ちっちゃなカバンを一つだけ、ホア姉さんも弟たちもみんな持ち物は一つだけだった。父さんだって母さんだってせめてバスの停留所ぐらいまでは見送りたかったのだろうけれど、そうすれば知っている人に会ってしまう。だから二人ともずっと戸口で手を振ってくれていたはずだわ。でもママたちは振り返る余裕なんてなかった。ママはそれでももう十七歳だったからこれからどんな大変なことが待っているのかは大体想像ができた。でも弟たちはね、何しろまだ十三歳と十二歳、今のあなたより年下で遠足にでも出かける気分ではしゃいでいた。ママと姉さんは二人とも怖くて震えていたけれど、それを弟たちに気取《けど》られないように必死だったわ。

バスの中では、ママと姉さんは一言も言葉を交わさなかったけれど、弟たちったら鼻歌なんか歌っている。その頃サイゴンで流行《はや》っていた歌手の曲だった。でも他の乗客に気付かれないためにはかえって都合が良かった。カンドー川の一つ手前の停留所でママたちはバスを降りた。その方が怪しまれないと思ったから。あたりには民家が点在していてママたちが川の方へ向かってぞろぞろ歩いているのを妙に思われないかと心配だった。ちょうどどこのうちも夕食の時分で、あたりには香草を煮たツーンとする匂いが立ち込めていた。ママははしゃいでいる弟たちをいさめながら黙々と夜道を歩いた。きっともう二度と美味《おい》しいベトナムの家庭料理は食べられないと思うと無性に寂しかった。スープを作る母さんの顔が浮かんできた。でももう引き返すことなんてできなかった。

　本当に暗い静かな夜だった。ちょっと人家が途切れて外灯もないところへ来ると、みんな一列になって手をつないで、先頭のホア姉さんは足をするようにして進んでいった。草が足に絡まってホア姉さんが立ち止まると、そのうしろの私は姉さんの背中にぶつかってしまったくらい。東京では考えられないでしょう。暗闇って本当になにもみえないの。そう、花がまだ小学生の頃、家族で八ヶ岳へ行ったたね。あの時、まっくらで花が泣いたの、覚えている？　暗くて怖いし、この先何が起こるんだろうって、よけいにそんなふうに思えた。ホア姉さんの手がふるえているのが、はっきりとわかった。

　カントー川に着くと、草の茂みの陰から男の人の声が聞こえた。その人は、どこへ行くんだ、と聞いたわ。私たちは何と答えたらいいのか、もしも取り締まりの警官だったりしたら大変なことになってしまうから、黙っていた。すると今度は、船に乗るのか、と言った。ホア姉さんが私たちに耳打ちするように、シッ、と言った。でも、下の弟がすぐに、船に乗るんです、と言ったの。よし、こっちだ、と男は言った。それほど暑い晩ではなかったけれど、ママの胸は汗でぐっしょりになっていた。暗闇と同じ色だから、船がどこにあるのかさえわからない。ママたちは男の声のする方へ進んでいくと、黒い小さな影のようなものが、川の流れを受けて頼りない感じで揺れているのがみえてきた。姉さんが小さなリュックから金の延べ棒を二本取り出して男に渡した。父さんがこの日の為に隠しておいた我が家の唯一の財産だった。男はそれを確かめてから、あごを突き出して「乗りな」というしぐさをした。近づいて、だんだんに慣れてきた目でよくみると、ほら、いつかパパが連れていってくれた浅草の屋形船があったでしょう、あれをほんのちょっと大きくしたくらいの船だった。嵐がきたらひとたまりもないんじゃないかと思った。

船の中はもう三十人ほどの人でぎっしりだった。ママたち四人は船のすみの方に腰をおろして出航を待った。ママたちが乗りこんだ後からも十人くらいの人が乗り込んできて、どんどん奥のほうへ詰めさせられたよ。窓なんか一つもない船だから乗りこんでしまうと何も見えやしない。船頭が船の天井をあけるとちかちかと星が輝いているのが見えたの。それがサイゴンで見た最後の景色だった。

ママは料理を作りながら、食器洗いをしながらアイロンをかけながらそんな話をしてくれる。私には本当に目の前にいるママがそんなすごい体験をしたなんて信じられない。

でもそれは、もしかするとママ自身が一番感じていることなのだ。この頃では同じ話を何度も繰り返したり、話の内容が少しずつ違っていたりすることもある。でもママはようやく本当の話ができるようになったのだと思う。今まで自分で忘れたふりをしていたことを、娘の私に話せるようになったのだから。

ママの作る料理は、ほとんどが日本の料理だ。野菜の煮物や天ぷらや炊きこみご飯なんかとっても上手だ。ママは結婚したての頃、日本料理の学校に通って必死になって練習したらしい。日本料理は難しいからってよく言う。着物だって自分で着ることができる。七五三のときにもママが私に着物を着せてくれた。お正月が近づくと、ママは昆布巻きやお煮染《にし》めや栗きんとんをこしらえて上等の塗物のお重につめる。そして元旦には何本もの紐《ひも》をきゅっきゅっと器用に結んできれいに着物を着て帯を締めて、日本間にお人形みたいにちょこんと座って、新年の挨拶をする。全部義理ママつまりパパのお母さんからのプレゼントらしい。美人のママは日本の着物だってちゃんと着こなすけれど、何だかちょっと似合わないと私はいつも思っていた。それはきっとママが日本の人になりすましていた偽物のママだったからに違いない。

二年前の結婚記念日にパパがアオザイをプレゼントしたときには、ママは本当に嬉しそうだった。金色の縁取りをした薄い緑色のアオザイを着たママは。頬をほんのりピンクに染めて今まで見たことも無いほど輝いていた。アオザイをひらひらさせながら、バレリーナみたいにくるりと一回転して見せたママは「どう似合う?」とおどけて笑った。

ベトナムでは結婚するとき鮮やかな真紅のアオザイを着るのだという。本当はママも結婚式の時にアオザイを着るのが夢だったのだろう。でもパパの両親がママとの結婚にすごく反対したんで、意地でも日本人になってやるって思ったそうだ。ママはずっと無理を重ねてきたんだね。

この頃では週に一回はベトナム料理を作ってくれる。私は結構いけてると思う。「ママ美味しいよ」と誉めると「もうベトナムの味を忘れてしまったの。だってママがあなたくらいのときに、大変な戦争が終わったばかりだったから。母さんから料理を習うこともできなかったの」とママはため息をついて、少し恥ずかしそうな寂しそうな表情をするのだ。

ママが十五歳のとき、何もかもが変わってしまった。ママの父さんはそれまで学校で英語を教えていたの。けれど英語の辞書や本はすべて焼き払わなければならなくなった。そうしないと何をされるかわからなかったから。同じベトナム人同士だけれど、ママたちの住んでいた南が北に負けたの。戦争に負けるっていうのはこういうことなのかと思った。父さんと母さんが一生懸命ためていた貯金もすべて没収された。そして英語を教えていた父さんは職を追われたの。父さんはしばらく廃人のように家でごろごろして酒ばかり飲んでいたわ。母さんは裁縫が得意だったから服を縫う仕事を続けていたけれど。そしてママの通っていた学校では今までの先生が全部辞めさせられて、新しい人がやってきた。授業ではホー・チ・ミンの生い立ちや、彼がいかに素晴らしいかということを教えられたの。家の中にまで彼の写真を飾らなくてはいけなくなった。少しずつ身の回りから自由がなくなり、底知れない恐怖をまだ子どものママでさえ感じはじめていた。今のベトナムは随分変わったと噂に聞くけれど、とにかくその当時のベトナムはそんなふうだったの。

　ママが十七歳になってすぐのある晩遅くに、父さんと母さんは大事な話があるからと言ってママたち四人姉弟を椅子に座らせた。家じゅうの鍵をかけて窓をぜんぶ閉めてこれ以上ないくらい用心しながら、父さんは声をひそめて話し始めたの。

「ホア、ラン、よく聞くんだよ。父さんと母さんはお前たちの将来のことを幾晩も話し合った。この国にいても、もう何の希望も持てない。この国はもう以前の祖国ではない。何もかもがすっかり変わってしまったんだ。でも父さんと母さんには国を離れる力は残っていない。幸いお前たちはまだ若くてとても健康だ。一刻も早くここを脱け出して自由な新天地で自分たちの未来を切り拓《ひら》いて欲しいよ」

父さんの声は静かだった。でもげっそり痩《や》せた頬の間から、落ち窪んだ目だけがぎらぎら光りを放っていた。ホア姉さんをちらりと見ると姉さんはこぶしをぎゅっと握って肩を小さく震わせていた。私も喉《のど》がつまりそうで思わずごくりと唾《つば》を飲み込んだ。

「いいか。最近少しずつみんなが船で脱出を始めている。父さんは船の船頭と今日話をつけてきた。金の延べ棒二本で四人を船に乗せてくれるそうだ。船はうまくいけば三日ほどでマレーシアかタイにたどり着くはずだ。ここに五ドル紙幣がある。これでは何の足しにもならないだろうが、とにかくタイかマレーシアについたらそこで生活の基盤を築きなさい。あるいはアメリカかカナダに亡命するように申請しなさい。時間はかかるだろうが認められる可能性はある」そう言って父さんは黙ってしまった。

「と言っても、タイやマレーシアに着けるという保証があるわけではない。海流の関係で別の国に流れ着くこともある。万が一の場合、嵐で難破するおそれだってないとはいえない」

そう言うと父さんは目を伏せ深いため息をついた。今まで黙っていた母さんがホア姉さんの目をじっと見つめて言った。

「決心がつかないのならここに残ったっていいのよ。ホアとランの意志に任せるから」

父さんも母さんも一番上のホア姉さんのことを格別に頼りにしていた。ホア姉さんは賢くて穏やかなしっかりものだったから。姉さんが何て返事をするかママはじっと待っていた。ママは恐ろしくてたまらなかった。どれくらいたっただろう、姉さんが静かに、でもはっきりとした口調で「あたし行きます。妹や弟たちのことは守って見せます。きっと無事にほかの国にたどりついて父さんと母さんを呼び寄せるわ」と言った。すぐに続いて、弟たちが「そうだ、お船に乗って海に出るんだ！　僕らが姉さんたちを守ってやる！」なんて興奮して歓声をあげ始めた。

「しっ。静かに！　行く前に計画がばれたら牢屋に入れられてしまう。どこにスパイが潜んでいるかわからないんだよ」

母さんがあわてて弟の口をふさいだ。

賢くて判断力のある姉さんがそう言うからには私も従わないわけにはいかなかった。「ランはどうだ？」と父さんに聞かれてもママはただ黙って頷《うなず》くしかなかったわ。何て返事をして良いのか、言葉なんて何も思い浮かばなかった。その晩、姉さんとママは長いこと寝つけなかった。隣に寝ている姉さんが重い口調でこんなことを言い始めたの。

「ねえ、ラン。海には嵐よりもっと恐ろしいものがあるのよ。タイやマレーシアの近海には海賊船がたくさんいるんですって。海賊船は見た目には普通の大型漁船と変わらないらしい。突然乗りこんできて、男たちの身ぐるみをはいで金目のものを奪い、女たちをさらっていくそうよ。もしもそれに逆らうものがいたら容赦なく切り殺されてしまうの。そして女たちは遠い国に売り飛ばされるのよ。何隻かの船が犠牲になったという噂を聞いたことがある」

そして姉さんはふいに表情を硬くした。ママはますます怖くなって姉さんの腕にしがみついた。

「だからね、ラン。もし海賊船に襲われたら喉を切って海に飛び込みましょう。その為に姉さんはナイフをしのばせて行くからね」

そう言うと姉さんは私の体を抱きしめてくれた。それから私の涙を姉さんの寝巻きの袖で拭《ふ》いてくれながら「でも大丈夫。きっと無事にたどり着けるよ。そこでみんなで力を合わせて頑張って、父さんと母さんを呼び寄せてあげようね」と力のこもった声で言った。でも、その姉さんの声も震えていた。だっていくらしっかり者だって、まだたった十九歳だったんですもの。

私にはママがそんな大変な決意を十七歳のときにしなくてはならなかったなんて信じられない。今の私の悩みと言えば中間や期末試験がかったるいだけ。それだって適当にやっておけば赤点ぎりぎりでも何とかなる。他には友達と喧嘩したり、うるさくて嫌味な先生ににらまれたりするのがうざったいくらい。ふだんは毎日お気楽に友達と騒いでいるだけだから。もし日本が突然すごく住みにくくなって、出国の決意なんか迫られたら私は一体どうするだろう。考えただけで身がすくんでしまう。

つい最近まで私はママのことを、パパに愛されて幸せな結婚をして、一人娘に過剰に愛情を注ぐ平凡な普通のお母さんだと思い込んでいた。パパだって口癖のように「ママは運が強いんだよ」なんて言うけれど、もしかするとパパも私も大きな思い違いをしていたのかもしれない。

パパはママと同じ一九六〇年生まれ。パパが子どもの頃、日本は今よりずっと勢いがあって急成長を遂げていた。パパは確かに優しくていいお父さんだ。お坊ちゃん育ちの気のいい普通のおじさんというところ。

「パパが小学生の頃〝七〇年代われらの世界〟という番組があったんだ。毎回のように、司会者が棒グラフを示して日本の経済成長率を誇らしげに語っていたよ。このままいくと日本は国民総生産が一位になって、世界で一番の金持ち国になるって、番組の中でいつも言うんだ。その頃の日本にはすごいエネルギーがあって、皆がそれを本気で信じていた。環境破壊なんて何も考えずに国の発展のためにがむしゃらに突き進んでいたから、国のあちこちで公害問題が発生した。排気ガスや工場の煙だって今のような規制がなかったから、その頃の空はスモッグだらけで灰色だった。最近の東京の空は、これでも随分きれいになったんだよ」

パパは感慨深げに子ども時代のことを話す。パパは日本の成長と共に挫折を知らずに育ってきた人なのだ。

パパのお父さんはちょっと偉いお役人で、一人息子のパパも期待されて難しい進学校から名門大学に進んだ。それからすんなり一流企業に就職した。そのときにボランティアで日本語を教えている同僚から、生徒だったママを紹介されて一目ぼれしてしまった。要するにパパとママはまったく正反対の生い立ちをしているわけで、その二人が結婚するなんて夫婦って不思議なものだなって私は思う。

「家族からは大反対されたけれど、パパはママと結婚した。花が生まれてから、ようやくおじいちゃんとおばあちゃんが許してくれたんだ。ママは苦労して日本にたどり着いたけれど、今は人並み以上の暮らしをして、可愛い娘にも恵まれて本当に幸せ者だよ。パパはママを幸せにできて良かったと思っている」

パパは自信たっぷりにそう言うけれど、ママは本当に幸せだったのかしら、と私は最近疑うようになってきた。自分の生まれた国を棄《す》て、ボートで逃げてきたことをひたすら隠して忘れようとして、日本人になりきる努力をして、それでママは本当に幸せだったのだろうか。最近のママの様子を見ていると、私にはどうしてもそうは思えなくなってくる。だからって、どうすれば良かったのかと言うと、私にもわからない。パパは、難民のママを救ってあげて、自分はすごくいい人間だと思っているようなところがある。好きで一緒になったのだから、救ってあげたもなにもないだろう。ママが不安そうにしていたり、突然泣き出したりしても、パパは「今こんなにいい暮らしができているのに、なぜそんなに情緒不安定になるのだろう」ってまるで理解できないとでも言いたげに首をかしげる。ママの苦しみは、私にだってよくわからないけれど、パパはわかろうともしないみたい。パパは悪い人ではないけれど、単純で鈍感なところがあるのかも。だから、ママの魂が今になって昔にさまよってしまうことがどうしても理解できないのだろう。

ママはこの頃、土曜日の夜をベトナム料理の日に決めているみたいだ。さっきから箸《はし》を使って手品のように、薄い透き通った生春巻きの皮にパイナップルや香菜や豚の煮物をきれいにくるくるっと巻いている。春巻きの皮の透き通ったライスペーパーは米粉料理の最高傑作だそうだ。むかしベトナムの家庭では、一枚一枚自分の家で作っていた。ベトナム料理が日本でも流行り出してから、大きなスーパーマーケットでライスペーパーが手に入るようになったと言って、ママはとても喜んでいる。私も手伝うけれど不器用なのですぐに春巻きの皮が破れてしまう。ママは笑って「花はもういいから勉強していなさい」なんて言う。それからママは、瓜を煮込んだ薄味のスープに砕いた干し海老を入れる。私はいつもスープの味見係だ。さっぱりしたいい味。一度も訪れたことがないママの母国なのになぜか懐かしい味がする。

「ねえママ、パパと結婚して幸せだったの？」

私の突然の質問に驚いてママは一瞬手を止めたけれど、すぐ料理を大皿に盛り付け始めた。

「そうね。パパはママのことが好きだ、好きだって強引だったからね」私とママは目を合わせてくすりと笑う。確かにパパには強引なところがある。私に洋服を買ってくれるのは嬉しいのだけれど、いかにもおやじの趣味でださいやつを、「花にはこれが似合うから」と勝手に決めてしまう。お土産《みやげ》に甘いケーキをいくつも買ってきてダイエット中の私に食べろと無理やり勧める。もちろんパパが家族を大事にしているのはよくわかる。でもパパが私たちにしてくれるのは、本当に私たちがしてもらいたいこととはちょっと違う。それはいつでも、パパが考えている私たちの望みのような気もする。

結局ママはギリシャ船に救助されて東京湾にたどり着き、それから三ヵ月間、千葉の修道院の附属施設で弟たちと一緒にシスターのお世話になった。でもその頃のことは脳みそがぐちゃぐちゃ状態でほとんど記憶がないという。日本の国が驚くほど近代的で、高いビルの間を縫うように高速道路が走り、街並みは美しく清潔で、まるでお伽《とぎ》の国に来たように思ったとか。当時のベトナムでは、日本人は未だにちょんまげを結い着物を着て、下駄や草履《ぞうり》を履いていると習っていたというから。日本の女の人がみんなきれいに化粧をして、お洒落《しゃれ》をして堂々と歩いている姿に圧倒され、そのことが鮮明に目に焼き付いているそうだ。その後長崎の寮で一年、新潟の寮で四年、他の難民の人たちと共同生活をしながら日本語を学び、タイプライターの打ち方を習い、簡単な経理の仕事もできるようになった。そして再び東京に戻ってきた。もうかなり日本語が話せたので、品川の運送会社で事務員として仕事をしながら難民センターで日本語の上級クラスに通いはじめた。そのときの先生がパパの親友だったというわけ。

「日本人はみんな優しくてママはいやな思いをしたことがあまりなかったの。その中でもパパは特別に優しかった。太っちょではにかみ屋で見た目はパッとしなかったけれど、とにかくこれほど優しい人がいるのかなって思ったわ。こんなにしてもらってどうしようかってママはちょっと困ったくらい」

ママは照れながらふふと笑う。ママの頬っぺたにえくぼができて今でもとても可愛い。きっとパパはこの笑顔にまいってしまったのだろう。その後ママの弟たちはベトナム人同士で結婚して、お嫁さんの親戚のいるカナダへ移住して行った。今ではバンクーバーにベトナムの両親、つまり私のおじいちゃん、おばあちゃんを呼び寄せて、平和に暮らしている。私はおじさんたちやおじいちゃん、おばあちゃんに会ったことがないけれど、写真が同封された手紙がしょっちゅう来るので、まだ一度も会ったことがないという気がしない。高校生になったらカナダを訪れて、親戚の人たちに会いたいと思っている。ママの弟には小学生の子どももいるのだけれど、英語だけしか話せない。私が日本語しか話せないのと同じというわけ。私はそのいとこにもぜひ会ってみたい。

生春巻きに春雨サラダ、それからスープがきれいにテーブルに並んだちょうどそのときに、玄関のベルが鳴る。この頃パパは土曜日も出勤の日が多い。

「そうか、今日はベトナム料理の日だったな」

パパはお腹がすいたと言ってすぐに部屋着に着替えて食べ始める。食卓の話題はおもに私の学校の話。中高一貫校だから受験こそないけれど、あまりひどい成績を取ると高校に上がれないという噂だ。パパはそれをとても心配している。私の成績は中の中か、中の下といったところ。いつも担任には「勉強すればできるのに、努力が足りない」って言われる。パパも同じように説教する。そんなの買いかぶりだと私は思うのだけれど。私はうんざりしてツンとしている。パパは少し教育熱心過ぎる。もう少しママの気持ちとかも考えてあげればいいのにと思う。ママはママで私の成績が悪いのは自分のせいだって思い込んでいる。普通の日本のお母さんみたいにきちんと勉強を見てあげられなかったから、って自分を責めている。私はママからベトナムの話を聞けたり料理を教えてもらえたりするだけで他の子よりラッキーって思っているのに。どうしてみんな勉強勉強って言うんだろう。勉強の話が終わると、今度は所属しているバレー部の話題。春の試合でどこと対戦するのかとか、今年はどこが強そうだとか。それから仲良しの久美や綾乃のことを聞かれる。パパの話はいつもワンパターンだから、大体読めてしまう。そんなところが憎めないと言えば憎めないのだけれど。

パパはワインを飲みながら生春巻きを美味しそうに平らげた。

「ママの料理は相変わらず旨《うま》いよ。でもパパはやっぱり焼魚とか野菜の炊き合せの方がいいなあ」

ママの顔が少しだけこわばる。パパのばか、間抜け！　そんなこと言わなければいいいのに。お酒に酔っているからってやっぱりちょっと無神経過ぎる。私はママのことが心配になって顔を見ると、もう普通の表情でスープの残りを飲んでいた。私はお気楽者だけれど、国際結婚ってこういうものなのかなって考えさせられることがある。日本人のパパとベトナム人のママ。もしかすると私はすごく貴重な体験をしているのかもしれない。

夕食がすんで片付けが終わるとママは小声で「ホア」と呼んだ。「何?」と私が言うとママはしばらく黙ってじいっと私の顔を見ている。「何よ」といらいらして口をとがらすと「姉さんだ。姉さんたら生きていたんじゃないの」とママはつぶやいて私の頬をなでようとした。又その話かと思い、それに何だかてれくさくもなって、私は返事もしないで自分の部屋にかけあがった。友だちにメールを打たなければならなかったし、宿題もあったのだ。

その晩、私がベッドでうつらうつらしているとき、なんとなく人の気配を感じてうすく目を開けてみた。闇の中に白っぽい影のようなものが浮かんでいる。私は思わず息を吸いこんで変な声を出した。白い影は何もいわずにこっちへ近づいてくる。私は身動きもできずに、ふとんに顔を半分かくしたまま視線を上げていった。それはなんと、ママだった。シャンプーしたての洗いっぱなしの髪をそのままにして、まるで海からあがって来たばかりの人みたいだった。
ママははじめもじもじしていたが、「花、ママの話を聞いてくれる？」と言ってベッドのはじに座った。ママは近くにいるはずなのに何だかすごく遠くにいるみたいだった。だからそのときに聞いた話は夢じゃなかったのかと、今でも私は思うことがある。ママは私の方を向いて、確かにこちらを見ているのだけれど、私をこえて別の何かをみつめているようだった。いつもより一オクターブくらい低い声で、ママはゆっくり話し始めた。それは私にはとても想像もつかないような話だった。

ママたち四人は船が動き出すのをじっと待ったの。これから何日続くともしれない旅が始まるというのに、ママたちが持っていたのは小さなカバンやリュックをそれぞれが一つずつ。それだけ。大きな荷物を持っていたら絶対に怪しまれるからね。花には信じられないだろうけれど、着替えも一枚も持っていなかったのよ。小さなタオルとハンカチ、それから三日分のパンと水筒だけがママのカバンに入っていたすべてだった。美味しいものがたくさんある日本でダイエットして痩せようとしている花にはきっと信じられないだろうけれど、出発が決まってからママたちは家で度々断食をしていたの。水以外には何も口にしないの。はしめのうちは辛いけれど、十日も経つと体の中から悪いものが出ていくみたいでだんだん体調が良くなっていくのよ。そんな習慣を身につけていたからママたちはしばらく何も食べられないことには我慢ができたのね。だからパンを一かたまりしか持っていなくても不安はなかった。それと大きめの水筒に川の水を一杯に入れて、それだけがママたちの口にできるものだった。何と言っても出発する前に見つかって牢屋に入れられてしまう方が怖くて仕方なかった。だから船頭が人数を数えて「全員揃ったな」って言ってゆっくり船を漕《こ》ぎ出したときには、みんなが小さな歓声を上げた。弟たちが騒ぎ出しそうだったので、ホア姉さんと二人で必死に押さえ付けていたの。

船が動き出してから、少しずつ目が慣れてきて薄暗い船の中を見渡せるようになると、中に乗っているのは四十人を少し越すくらいだというのがわかった。一番年上で四十歳近い位の人がいたけれど、ほとんどがママと同じ位の十代から二十代の人たちだった。弟より小さい、まだ五歳か六歳の子どももいたの。可愛い男の子だった。その子と目が合うと、にこりと笑ってくれた。きっとあの子は意味もわからず船に乗せられていたんだろうね。そばには若いお母さんが心配そうに小さくなって座っていた。ママたちはその親子と最初に友達になったの。

船はゆっくりゆっくりカンドー川を下って行った。海に出るまではまだ安心できなかった。途中で見咎《みとが》められる恐れがあったからね。窓も無い小さな船に四十人以上の人が詰め込まれて、むっとするような臭いがたちこめていた。でも人間なんていい加減にできているのね、すぐに臭いなんか気にならなくなってしまうの。船が出航したのがたぶん夜の十一時頃。ママたちは窮屈《きゆうくつ》な姿勢のまま、うとうとし始めた。

船頭が船の天井を開けて、そこからもれる日の光で目を覚ました。夜明け過ぎになってようやく船は海へ出たんだよ。海に出たらもう安心だ。ママは嬉しくってホア姉さんを揺り動かした。船の中の人たちもみんな起き出してきて「海だ、海だ」って騒ぎ始めた。ママは急にお腹がすいてきて、カバンの中の固くなっているパンを少しちぎって食べて、水筒の水も飲んだ。海に出たら数日で陸地へたどり着けるんじゃないか、あるいは親切な外国の漁船にでも助けてもらえるんじゃないかと、ママは楽観的に考えていた。少なくとも海賊船のことは考えないようにしていた。でもそれからが地獄の始まりだったの。

船の中には釣り道具を持っている男たちが数人いたの。ママはきっとその人たちがみんなの分も釣ってわけてくれるのだろうなんて考えていた。でもそれは甘い考えだった。船が沖に出て男たちがバケツに数匹の魚を釣って火にあぶっていると、痩せて体の弱そうな十歳ちょっとくらいの男の子が「おじさん、ぼくお腹がすいてたまらないんだ。少しわけてくれる？」と近づいて行った。はじめのうち、男たちは少年を無視していた。でもよほどお腹が空いていたのね、その子が何度もしつこくせがむんだよ。すると男たちは「ふざけるんじゃない。自分の食料くらい自分で探せ」と叫んで、少年が気絶するくらいに顔やお腹をまるでボクシングでもしているみたいに殴りつけたの。少年はかわいそうに怯《おび》えて泣き声も出せなかったし、怖くて誰も止めにも入れなかった。少年が苦しそうにうめいて倒れてから、ママたちはその子のそばに行って傷口をタオルで拭いてやった。少し落ちついてからパンを少し分けてあげたよ。その子は喉が渇いたって頻《しき》りに言うので水筒の水も飲ませてやった。それでも足りなくて、その子はよろよろしながら船のへりに出てバケツに海水をすくって飲み始めたんだ。海の水をたくさん飲んでは駄目だということをみんな知っていたけれど、気の毒で止められなかったよ。結局その少年は日に日にやせ衰えて弱っていき、ほとんど話も出来なくなった。結局彼が船の中で最初の死者になった。ママたちは少年の従兄と一緒に、静かに彼を海に流した。最後は眠るような死に方だったのが唯一の救いだった。その子はしばらく海の上を背泳ぎしているみたいに浮いて漂っていたけれど、じきに沈んで姿が見えなくなった。ママたちは手を合わせて最後まで彼を見送ったよ。

もうその頃には、ママの水筒の水もパンもすべて無くなっていた。死んだ少年を見て「海の水を飲んではいけない」ということがあらためてよくわかったから、ママたちは自分たちのおしっこを水筒に入れて飲み始めたんだよ。花には信じられないでしょう？でも生きるか死ぬかという瀬戸際では、何でもできるんだね。それができない人たちは弱っていったわ。

船に乗ってから初めて雨が降ったときには、みんな大騒ぎだった。雨水ならいくら飲んでも安心だからね。雨水が船の天井にたまるのを待って、水溜りにタオルや自分のシャツを浸して、それを口元によせてぎゅっと搾って飲むんだよ。雨水は海水と違って何て甘くて美味しかっただろう。一旦出国したからには何があってもひき返すまいと決意していたけれど、水だけは飲みたくて夢の中で何度もカンドー川に戻って、船べりに腰かけ太くて長いストローで川の水を飲む夢を見たよ。そして目が覚めると喉がからからで、ママはいつも自分のおしっこを飲んだというわけ。弟たちもへっちゃらだったけれど、ホア姉さんはあまりおしっこが飲めなかったの。海水を少し口に含んだり雨水を飲むだけで我慢していた。だから姉さんも次第に弱ってきたのね。

航海中に何度も大きな外国船とすれ違った。海賊船かと思わないでもなかったけれど、救助してくれることを期待して、みんなで船の天井に上って立ち、ハンカチやタオルを振って大声で叫んだ。でもどの船も気が付いてはくれずに遠ざかっていった。その度にどれほど落胆したことか。きっと面倒なことには関わりたくないと思って、私たちの船のことなんか見て見ぬふりをしたんだろうね。

そのかわりというわけでもないだろうけれど、大型船がそばを通るときに、たくさんの生ごみを落としていくの。一番ありがたかったのは果物の皮だった。オレンジやグレープフルーツの皮が船のそばに漂ってくると、拾い上げてむさぼるようにして食べたよ。がりがりに痩せてげっそりしていたホア姉さんも、オレンジの皮だけは喜んで食べてくれた。大型船としばらくすれ違わないときには、海に浮いている木片を拾うんだよ。たいていの木片にはきのこが生えている。それをむしって食べるの。嘘のような話だけれどそれがすごいごちそうに思えた。

十日ほどたって、一人、二人と弱った人が死んでいくようになった。もうタイやマレーシアにたどり着くのは絶望的だった。航路を完全にはずれてしまったのは明らかだった。その頃になるとママたちも意識が朦朧《もうろう》としてきて、哀しいとか怖いとかいう気持ちも麻痺してきてしまった。恐ろしいことに人の死というものにも慣れてしまうんだね。人が死ぬたびに、船頭が死体を海に投げ捨てるのをぼんやりと眺めているだけだった。すぐ横では、釣り竿を持っている男たちが釣りをして、自分たちだけで美味しそうに平然と魚を食べていたよ。

夜になると、ママは弟たちと一緒にときどき船の天井に上って暗い海を見た。頭がぼおっとしていたからだろうけれど、波の間から人魚が顔を出して、おいで、おいでと手招きするのが見えるの。海の中は気持ちがいいから早くおいでって人魚たちがさかんに呼ぶの。ママはその度に海に飛び込もうとして、弟にぐいと腕を引っ張られた。弟たちのほうがよっぽど正気だったの。

顔中が真っ黒い髭だらけで、目ばかりぎらぎらと光っている、年のころ三十代後半くらいの男がいてね。いつの頃からか、みんなが彼のことを「先生」と呼ぶようになっていた。最初に雨が降った日の前日にそれを予言したとかで、次第にその男の発言が信頼されるようになっていったの。

ある時、その男が「あさっての海水は飲んでも大丈夫だ。塩辛くないし、体にも毒ではない」って、船の中で立ち上がって大きな声で断言するように言ったの。ずいぶん大きな男だった。ママはだけど半信半疑だった。それでも二回、日の出を待って、船の先端に行って弟たちと一緒にバケツに海水を汲んでみた。なめてみると本当に塩の味がまったくしない。それどころか甘いようなとにかくすごく美味しい水だった。それから大騒ぎになった。船の中で比較的元気な者たちが次々とバケツに海水を汲んで皆で回して飲んだんだよ。ホア姉さんも美味しそうにごくんごくんって喉を鳴らして飲んでくれた。考えてみると不思議だね。集団催眠にでもかかっていたんだろうか。それとも本当に甘い海水だったのかしら。

それから突然その男が変なことを言い出した。

「この船の中で一番幼い男の子を海に放り投げなければ、この船はもうじき沈む」

そんなことを、みんなの前で演説し始めたの。一番幼い男の子というのは、ママが乗船して最初に仲良しになった男の子だったよ。目のくりくりした可愛い子だった。男はいきなりその子を指でさして、「そいつだ！」と甲高《かんだか》い声でヒステリックに叫んだ。

たちまち猛反対の声があがった。特に女の人たちはみんな抗議の声を上げたの。ママや姉さんや弟たちも反対したわ。だって仲良しだったんだもの、その男の子と。普段はおとなしいホア姉さんが、「やめて！」と叫んで男の胸やら顔やらに拳骨《げんこつ》で殴りかかっていった。でも、大勢の雰囲気というのは怖いものね。誰かが「全員の命と、一人の犠牲と、どちらを取るんだ！」と怒鳴ったの。それで、姉さんはたちまちそばにいた男たちに腕をひねり上げられてしまった。もちろん、いちばん抵抗したのは母親だった。まだ二十代前半の若いお母さんだったけれど、髭の男の足にすがって「私が身代わりになりますから、どうかそれだけは勘弁して下さい」って、悲痛な叫び声を上げた。今でもそのときの声がママの耳に残っている。今こうして花の母親になってみると余計にあのときの母親の叫びがよくわかるの。

先生と呼ばれていた男は、みんなが何を言っても表情も変えずに無視していた。そして、足に絡みついてくる母親のみぞおちをいきなり蹴ったの。母親は急に力を失って静かに目を閉じたわ。もうちっとも動かないの。はじめは死んでしまったのかと思ったけれど、そばにいた人が彼女の鼻のあたりに、耳を近づけて、生きているって言った。それから男は、母親にしがみついたまま声も出せずにふるえている男の子のえりくびを、まるで猫でもつかみあげるように片手ですくい上げた。男の子の顔は恐怖でひきつっていて声も上げられなかった。目と口がつりあがったまま表情が凍りついていた。男の大きな手のひらの下で必死にもがいて足をばたばたさせていたけれど、男はそんなこと気にもとめていない様子で、船の縁までいってボールでも投げるように遠くへ向かって放り投げた。男の子はまっ青な海の表面にすぐに浮きあがってくると、しばらく必死に船に向かって泳いできたよ。十分ぐらいは泳いでいた。でもだんだんに船との距離が離れていって、そのうちにふっと姿がみえなくなった。力が尽きてしまったのか、それともあきらめて泳ぐのをやめてしまったのか。ママは祈るような気持ちで、でも何もすることもできず息をのんでその光景を眺めていた。やがて母親が意識を取り戻して息子がいないのを知ると、まわりの人の制止をふりきって後を追うようにまっすぐに海へ飛び込んでいった。大きな水飛沫《みずしぶき》が上がって、そのまま海の底に沈んで行くのがずうっと見えていた。

本当に地獄の光景だった。ホア姉さんは、その親子と特に親しかったので激しく泣いていた。それからも髭の男にくってかかっていったよ。涙がかれるほど泣いて、それっきり姉さんは一言も話さなくなってしまった。そしてもう雨水すら一滴も口にしなくなってしまったんだ。

それから何回日が暮れて日が昇っただろうか。外国船にもすれ違わなかったから食料はほとんど何も無かった。雨もまったく降らなかった。たまに木片が浮かんでいるとそれを全部すくいあげて固い木の部分までかじって食べたよ。先生と呼ばれる男の標的にされるのが恐ろしくて、ママたち一家は船の隅の方に目立たないようにして固まっていた。ホア姉さんはもうほとんど眠りっぱなしで、たまに目をあけては少し微笑んでまた眠りについてしまう。もともと白かった肌の色がますます透き通るようになって、唇は紫色になっていった。それでもかすかに息をしていた。その頃には船の中の誰もう話す元気もなくなって奇妙にしーんとしていたね。朝になると誰かが死んで、海に放り投げ出される。ママは次はきっと姉さんじゃないかと恐れていた。

ある朝「船が近づいてきたぞお」っていう大きな声で目を覚ました。弟たちは真っ先に舳先《へさき》に飛び出していって手を思いっきり振った。どこかの国の旗が見えた。随分立派な船が近づいてきた。海賊船ではなさそうだった。

ママはホア姉さんを抱き上げた。姉さんはもう自力で立ちあがることはできなかったから。他にもかなりの数の人たちが死にかかっていた。

私たちの船のすぐ横に、巨大な船体がどこまでも続いている壁のようにそそり立っていた。助かったのかもしれないという気持ちと一緒に、これから何が起こるのかしらという不安も感じていた。でも、もう怖いとかそんなことを感じる心はなくなっていたから、あとはじっと成り行きを見守っているだけだった。

大型船からロープが投げられて男たちがまずそれにつかまって登っていった。力尽きて途中で海に落ちてしまいそのまま浮かんでこなかった人もいたよ。女たちのためには小さなゴムボートが投げ出されてみんながそこに乗りこんだ。もちろんママはホア姉さんをかついで乗った。ボートがシュルシュルと引き上げられる時、奇跡ってあるのかなってしみしみ思った。もう助からないってきっとどこかであきらめていたんだね。

先生と呼ばれた髭の濃い男も救いあげられた。小船の中では随分大きな男だと思っていたのに、近くで見ると貧相な臆病そうな小男だった。あの男も一緒に日本に来たのだから、今頃はどこでどうしているんだろうか。時々思い出すとぞっとする。

ホア姉さんは大型船に引き上げられると一瞬だけ意識を取り戻して「ラン、海賊船じゃない？　海賊船じゃないよね？」って何度も心配そうに聞いたの。姉さんは折れそうな腕でシャツの中をさぐろうとした。そんなときになっても、姉さんはナイフのことを忘れてはいなかったの。

「違うよ、ギリシャの立派な船だよ」

そう答えると、安心した表情を浮かべてまた眠りについてしまった。それっきり姉さんは二度と目を覚まさなかった。結局、助かった人は半分もいなかったのよ。


ママは急に静かになった。そのうちにぐうという変な音がした。お腹のなる音かと思った。でもそれはママの声だった。そしてう、う、う、と奇妙な叫び声を上げてママは足をばたつかせ胸をかきむしって床を転げまわった。あんなふうにまるで絶望的とでもいう感じで人が叫ぶのを、私はそれまで見たことがなかった。それは人間の声というよりも、獣の叫び声のようだった。私はそんなママを見て途方にくれながらも、不思議と冷静だった。パパを呼ばない方がいいと、私は直感で判断した。そしてママを抱き上げ、ベッドに寝かせた。私はママを抱きしめてたった一つだけ知っているベトナムの子守唄のメロディーを口ずさみ、ママの背中をとんとんと叩いてあげた。ママの体は思っていたよりずっと華奢で、私が背中に腕を回すと骨がごりごり当たって痛かった。ママはひきつけでも起こしたように、体を震わせてひーひーとしゃくりあげていた。そのうちだんだん子どものようにえーんえーんと泣き始めた。私がさらに強くママを抱きしめると、少し落ちついたのかしゃっくりみたいなひくっひくっという声に変わり、私の胸に顔をこすり付けてか細い声で泣き続けた。私のパジャマはママの涙と鼻水でべとべとになった。ママの体を抱いたまま私は眠気に襲われ、泣き声を聞きながらついうとうとしてしまった。

カーテンの隙間から射しこむ朝日で目が覚めた。時計を見ると六時半だった。その瞬間に私は夜中のできごとを思い出した。隣にママはいなかった。私は全身の毛がいっぺんに逆立つのがわかった。恐ろしい嫌な予感がして、あわてて部屋を飛び出してパパとママの寝室を開けた。パパはまだ眠っていたけれど、ベッドにママの姿はなかった。階段をかけおりてキッチンに向かった。すると、ママが何事もなかったように、お味噌汁を作っているところだった。

「花、おはよう。めずらしいじゃない、目覚ましの鳴る前に自分で起きてくるなんて」

ママは平然とそう言って私に笑いかけたので私は拍子抜けしてしまった。夜中のことは夢だったのだろうか、私が寝ぼけていたのかなと思いながらママの顔をじっと見ると、まぶたがはれて目も真っ赤に充血している。明らかにいつものママではなかった。

「ママ、もう大丈夫なの？」

私がおそるおそる尋ねると、ママは一瞬口を歪《ゆが》めて何か言おうとしたけれど、急に笑顔を作って「パパを起こしてきてちょうだい」と言った。その言い方は有無を言わせぬほど強い語調だったので、私は仕方なくパパを起こしに行った。それからパパとママと私、いつもの通り三人で朝ご飯を食べた。お味噌汁の味がやけにしょっぱかった以外は何もかも普通どおりだった。パパがママの顔つきに気がついて「ママ、どうしたんだ。目がはれてるぞ」と言ったので、私はどきりとした。でもママは「昨日、夜中に目が覚めちゃってずっと本を読んでいたのよ。今日は何も用事がないからパパと花が出かけたらお昼寝でもするから心配しないで」なんて平気な顔で嘘をついた。ママって案外演技派なんだな、と私は驚いた。

私が出かける時ママは「いってらっしゃい」と言った後に、「コン　クン　クア　メ」って小声でつぶやいた。それはベトナム語で「大事な我が子」という意味で、私が落ちこんだときなんかにママが私を励ますためにおまじないのように言ってくれる言葉だった。

私が「えっ？」って聞き返すと、ママは首を振ってさっきより大きな声で「いってらっしゃい」と言ってにこりと笑った。ママのまぶたは相変わらずはれあがって目も充血していたけれど、何だか不思議とさっぱりした表情をしていた。そして私のことを見つめて「今日のお弁当は、花の好きな鶏のからあげとかぼちゃの煮物と炊きこみご飯だからね」と言った。

夜中に子どもみたいに泣いていたママは、もうどこにもいなかった。

お昼休みを終えて、五時間目の退屈な社会科の授業にうんざりしているとき、教室に担任の中原先生が飛び込んできた。

「雪村。今お父さんから電話があった。お母さんが病院に運ばれたそうだ。とにかく早く行ってあげなさい」

中原先生は青ざめた顔をしていた。クラス中に緊張が走った。仲良しの綾乃が思わず「先生、一体何があったんですか。花のお母さん急病なの？」と大声で尋ねた。先生はちょっと困ったような顔をした。私はそのとき、心配していたことが現実になったんだと確信した。どういうわけかまったく驚きはしなかったものの、あたりまえだけど、ものすごく暗い気持ちになっていた。目のまえに黒い幕がおりてきたような感じがしていた。

私が教科書をかばんに入れて黙って立ちあがり教室の後ろの扉から出ていこうとすると、綾乃が駆け寄ってきて「先生、私も花についていきます」と言った。綾乃の気持ちは嬉しかったけれど、これは私とママにしかわからない問題だった。「サンキュー、綾乃。大丈夫だから」と答えると、綾乃は「何かあったらすぐメールしてよ」と言った。他のクラスメートたちも心配そうに見送ってくれた。

私は中原先生が呼んでくれたタクシーに乗り込んでS病院へ向かった。中原先生の話だと、ママは間違えて薬をたくさん飲んで救急車で病院に運ばれたということだった。

S病院は私も喘息《ぜんそく》で通ったことのある病院だった。私は病院に向かうタクシーの中で、ずっと手を合わせてママを助けてくださいと祈り続けた。私が小学生の頃、喘息の発作を起こすと真夜中でも私を抱いて背中をさすり大丈夫、大丈夫と励ましながら病院に連れていってくれたママ。誕生日にはケーキを焼いてホイップクリームで「花、おめでとう」と飾りをしてくれた優しいママ。私が書道を習い始めると、ママにも教えてと言って筆を持って必死に練習していた努力家のママ……。

病院に着いて受付で名前を告げると、ママは胃を洗浄中ということだった。三階のA病棟へ行くように指示されて、私は、ママお願いだから助かってと何回も何回も呪文のように心の中で繰り返しつぶやきながら、夢中で廊下を走った。途中で人にぶつかって看護婦さんに注意された。でも私はとにかく一刻も早くママの所に駆けつけたかったのだ。夜中にママを抱きしめたときのごつごつした骨の感触が腕によみがえり、うめき声が頭の中でこだましていた。

三階のA病棟に着くと、廊下の長椅子にパパが頭を抱えて背中を丸めて座りこんでいた。パパは一回り小さくなったようでそれにすごく歳とって見えた。

「パパ」と私が呼ぶと顔を上げた。パパの目は真っ赤に充血していた。私はパパの隣に座った。

「ママはどうなの。助かるのよね」

そう私が聞くと、パパは自分に言い聞かせるように何回も頷きながら答えた。

「大丈夫だ。絶対に大丈夫。ママはパパが時々服用する誘眠剤をワインと一緒に五十錠も飲んでしまったんだ。でも発見が早かったから多分助かるってお医者さんが言ってくれた。今は胃の洗浄をしているんだよ」

「多分っていうことは、そうじゃないこともあるってこと？」

「そんなことはないさ。助かるさ、絶対に。パパも、花もいるんだから」

パパの言っていることはわけがわからない。私の両掌は、汗でもうぐしゃぐしゃになっている。

パパの話によると、今日パパはめずらしく大事な会議の書類を家に忘れたらしい。ママに会社に届けてもらおうと思って家に電話したけれど、何回鳴らしても誰も出なかった。おまけに留守番電話にもなっていなかった。朝食の時、今日は何も用事がないからってママが言っていたのにおかしいなとパパは思ったそうだ。朝のママの顔が普通じゃなかったのにも胸騒ぎがした。パパはお昼休みに家に書類を取りに戻った。玄関のベルを鳴らしても誰も出ない。鍵をあけて家に入るとママが寝室でものすごく大きないびきをたてて眠っていた。ベッドサイドのテーブルにはワインの入ったコップと、薬の袋。パパが一回一錠だけ飲む薬をママは五シート、五十個全部飲み干してしまったらしい。揺り動かしても、頰っぺたをびんびん叩いてもママはぐうぐういびきをかきつづけていたそうだ。それからパパはあわてて救急車を呼び、ママが病院に運ばれたというわけ。

パパが今日に限って書類を忘れて家に電話をかけるなんて、何だか奇跡のような気がする。やはりホア姉さんが守ってくれたのだろうか。

しばらくしてランプが消えてママが手術室から出てきた。ママは鼻にチューブを入れられて腕に点滴をされベッドの上に真っ青な顔で横たわっている。でも静かに呼吸をしているのがわかる。パパと私は医者の所に駆け寄った。医者はこちらをふり向かず、じっとママの顔を見つめたままだ。

パパが「先生」と声をかけた。

「やれるだけのことはしました」

「大丈夫なんですね」

「心臓はしっかりしています。発見が早くて良かった。あと一時間遅かったら、どうなっていたか。とにかく目覚めるのを待ちましょう」

ママは生きている。もしかすると今まで通りではないかもしれないけれど、でも遠くへ行ってしまったりはしない。私はママから離れない。いつまでも一緒。そう心の中でつぶやくと、目の奥がじんじんしてきた。


ママは病室で静かに寝息を立てている。目を開けたら何て言ってあげようか。私はママの頬をさすりつづけた。

「コー　ガン　レン」

パパが小さな声でつぶやく。私がエッと言うとパパが恥ずかしそうな顔で「ベトナム語で頑張れという意味だ。昔ママに習ったことがある。でもパパはあまり熱心にベトナムの話を聞いてやらなかった。ママが元気になったら、今度こそ花と二人でベトナム語を習って、三人でママの国を訪ねよう」と言った。パパも洟《はな》をすすっていた。私はパパの腕をぎゅっと握った。考えてみると私はママの国の言葉を未だにほとんど知らない。ママがどんな思いで国を脱出してきたのかだってまだ知らされたばかりなのだ。

「結婚したての頃、ママはいつも、あたしは日本の人に見える？　とか、日本人はこういう場合どうするの？　とか、不安そうにしつこいくらい尋ねたんだ。そのたびにパパは、うん大丈夫、日本人にみえるよって答えていた。あのときに、どうしてもっと違う答えをしてやれなかったのかと思う。ママがすごく無理をしているのは、よくわかっていた。でも、ママが日本で生まれた日本人にみえることを、パパ自身も望んでいたんだ。それがママにとっても幸せなんだと、今までパパは思っていた」

パパは肩をがっくり落として、頭をかかえている。パパはやっぱりいい奴なんだと私は思った。パパにめぐり合えたことはママにとって確かに幸運だったのだろう。ママが本当に幸せになれるかどうかは、これからにかかっている。それはママがちゃんと目を覚ましてから、ゆっくり考えればいいことだと思う。

「いつもママは夜になるとおびえていた。暗闇が怖いと言って電気を消して眠ることさえできなかったんだ。夜中に急に叫び声を上げてベッドから飛び降り、部屋のすみで泣き出すこともあった。そんなときパパはママを抱えて汗を拭い、背中をさすり、ママが落ちついて静かに寝息を立てるまでずっと抱きしめてやったんだ」

　私は昨夜のママのことを思った。そしてまだ若くて髪なんかもふさふさしていた頃のパパが、子どもみたいに泣きじゃくるママを必死に抱きしめている姿を目に浮かべた。それはちょっと気恥ずかしいような切ない光景だった。

「パパが少しでも怒ったりすると耳をふさいで、男の人に怒鳴られるのが怖いって。船の中でよほど恐ろしい目にあったんだろう」

　パパはそう言うと眉のあたりをひくひくさせた。私はママの言葉を思い出していた。あの男のことだ。小さな男の子をまるでボールのように海に放り投げたあの男……。

「花が生まれたときに、ママはホア姉さんの生まれ変わりだって言って喜んだんだよ。確かにママの持っているホア姉さんの写真に、花は驚くほどそっくりなんだから」

　パパはそんなことも私に言った。私がホア姉さんの生まれ変わりかどうかはわからない。でもホア姉さんはどこかできっとママのことを見守っていてくれる。それだけは確かだ。そしてママが元気になったら、これからは私がホア姉さんの代わりにママを支えてあげなくちゃと思う。

　ママは穏やかな顔をして静かにすやすやと眠り続けている。まるで小さい子どもみたいにあどけない寝顔をしている。夢の中で子どもに返ってホア姉さんと野原を駆け回っているような気がしてならない。もしかするとママは今が一番幸せなのかな。それならもうしばらく夢の世界に遊ばせていてあげたい。でも必ず、ちゃんと目を覚まして。そして一緒にベトナムに行こう、ね、ママ。

「コー　ガン　レン」

私もママの耳元に唇を寄せて小さく囁く。

ママの唇がかすかに動いたような気がした。まるで笑っているように見える。ママは夢の中で何をしているんだろう。

＊

ランは娘を見送ってからリビングのソファにそっと腰をおろした。ランは家族を送り出してから部屋の掃除をするまでに、いつも少しだけこのソファに腰をかけてくつろぐ時間が好きだった。決して広くはないけれど家族三人が住むには充分過ぎるような家で、働き者の優しい夫と可愛い娘と共に暮らせるのがどれだけ幸せかランには良く分かっていた。つい最近も、ランと同じ頃ベトナムを出国し日本にたどり着いたもののホームレスとなった男が、傷害事件を起こして逮捕されたというニュースを聞いたばかりだった。ランの住んでいる三ＤＫの住宅は日本人にとっても贅沢《ぜいたく》なものなのかも知れない。エアコンのスイッチ一つで暑さも寒さも調整できる家に住み、お腹が空けば冷蔵庫の中に食べ物があり、眠くなれば快適なベッドに横になれるというのは、ランにとって何か現実のことではないように思えることがあった。もしかすると自分は、あのむせ返るようなボートの中でホア姉さんと一緒に死んでしまって、その後のことは全部夢なのかと思うことさえあった。目の前にあるものがすべて現実のものではないように思えるこの奇異な感覚と、ランは折り合いをつけることが出来ずにいた。

そんなランが生身の感覚をほんの一瞬取り戻せたのはつい数日前のことだった。ランはPTAで知り合った母親たちをベトナム料理店に案内した。その店に行くのは初めてだったが、雑誌でもよく取り上げられている話題の店だった。狭い店内は満席で、数人が並んで待っているほどだった。日本人も好む生春巻き、手打ち麺《めん》の入ったスープ、春雨料理を食べ終わって、ランは母親たちの満足そうな表情に安堵《あんど》した。本当のところランはこういった母親たちとの付合いが苦手だった。彼女たちとの会話はランの胸に何も残さない。今日もただ無難に和《なご》やかに昼食が終わることだけをランはひたすら願っていた。

そろそろデザートを頼もうかというときになって、店の奥から髭をはやした目つきの鋭い男が現れた。店のオーナーは日本人だということだったが、料理を作っているのは主にベトナム人だと聞いていた。確かに微妙な味付けは、日本人には無理だとランは思った。その男も店でコックとして働いているに違いなかった。男はランの方をチラッと見てから店員に何かを指図して、もう一度ランの方を振り向いた。しばらく不思議そうにランをみつめていたがその内ににらむような目つきになり。しまいにはニヤリと不敵な笑みを浮かべた。ランの周りに生暖かい湿気を含んだ風が通りすぎた。友人の顔の輪郭《りんかく》がにじんでぼやけたかと思うと蠟《ろう》のようにゆっくりと溶けだし、周りのざわめきが急速に遠のいていった。何も聞こえない闇の中にランは突然放りこまれた。

気がつくとランは狭いボートの中にいて、その男の足元にすがりついて姉の命を助けてくれるよう懇願していた。髭をはやした男は体の弱ったものを船の中に乗せておくのは不吉だと言って、姉を海に放り投げるように命じていた。ランが声もかれるほど泣き叫ぶと男はふいにしゃがみこんでランの頬をさすり髪を撫でて「どうしてもと言うなら聞いてやってもいいがな」と言った。ランは少女の生真面目さで「どうすればいいのですか」とおびえながら尋ねた。男は「なに、怖いことはないさ」と言ってランのシャツの中にさっと手を伸ばした。ざらざらした指がランの乳房をいきなりぎゅっとつかんだ。ランが驚いて「やめて」と叫ぼうとすると、男の生暖かい舌で口をふさがれて押し倒された。木の板に頭をいやというほどたたきつけられた。頭がくらくらした。男の力は思った以上に強く、ランは両手をねし上げられ抗《あらが》うことができなかった。男の生臭く荒い息が唇を離れたかと思うと、今度は髭のざらついた感触が胸から下腹部に移動していった。

ランは男にされるがままになりながら姉のほうに目をやった。姉は相変わらず浅い寝息をたてて眠っていた。ランは無性に腹が立った。ホア姉さんにそそのかされてこんな船に乗ってしまった。数日でたどり着くはずの陸地はまだ影も見えない。きっとこのまま自分たちの船は難破してしまうに違いない。いやその前に皆が飢え死にする可能性の方が高い。姉の怖れていた「海賊船」というのは、実はこの船だったのではないか。ホア姉さんのせいで自分はこんな目にあっている。そう思うと情けなくなり鼻の奥がツーンとして涙が込み上げてきた。母さんの所に戻りたかった。ホア姉さんなんか死んでしまえばいい。ランはその時激しく姉を憎んだ。

ランは立ちあがって薬箱の中から夫がいつも服用している眠り薬を手に取った。それは、透き通った黄色いカプセルで、昔ベトナムの家の庭でみつけた蝶の卵に少し似ていた。これを飲んだらきっとぐっすり眠れるわ、とランは思った。できるなら子どもの頃の夢が見たい、とランは静かに笑った。

＊

ホア姉さんがさっきから鬼になってみんなを探している。

「ラン、どこにいるの」ホア姉さんが悲しそうな声を張り上げている。だんだん心細くなってきたに違いない。もう十五分くらい広場をうろうろ行ったり来たりしているのだ。

姉さんはかくれんぼでいつも鬼になって、なかなかみんなを見つけられない。ランは草の茂みに隠れてじっとしていた。しゃがんでいるとホア姉さんのひざっ小僧がすぐそばに近づいてきた。もう見つかってしまうかとどきどきしていたら、ホア姉さんは気が付かずに広場を横切ってどこかへ行ってしまった。茂みの間から広場の向こうを窺うと、家の壁と壁の間に弟が隠れている。弟も姉さんに見つからないよう息をころしてじっとしているのだ。姉さんの声が聞こえなくなると、弟は壁から半分身を乗り出してきょろきょろし始めた。ランもしゃがみこんでいるのに疲れてちょっと立ちあがった。すると

「ラン、みいつけたっ！」と姉さんが後から飛びついてきた。やられた！　ホア姉さんは顔を真っ赤にして汗を流して、はあはあ荒い息をしながら嬉しそうに立っている。

「今度はランが鬼だからねっ」

そう言うとホア姉さんは一目散に広場を横切って駆けて行った。夕ご飯まではまだ少し時間がある。ランは広場の真中でしゃがみこんで目をつぶり十数えた。さあ、これから姉さんを探さなくっちゃ、と思ったら、姉さんの赤いスカートが木のかげからちらちらと見えた。ホア姉さんたら、本当にかくれんぼが下手なんだから。ランは風をきってまっしぐらに赤いスカートめがけて走って行った。

『小説現代』二〇〇三年五月号掲載

解説　様々な宿命の哀しみに寄り添う人

鈴木比佐雄

橘かがりさんは、ゆったりとした上品な口調で話される方だ。けれどもその言葉には自らを隠す衒いや虚飾はなく、何か淡々と自ら宿命を背負っている潔さのようなものが感じられた。どこか山の手の貴婦人と率直な下町娘が融合した不思議な魅力を抱えていて、それは人間存在の哀しみの全体像を見詰めていく橘さんの存在感のようにも思われた。日本ペンクラブ総会後の二次会で初めてお話しする機会があった。橘さんの専門は西洋史であるが、特に戦後史に詳しく戦争直後の様々な矛盾・混乱の中で懸命に生きた人びとを描き、社会性や批評性のある作家だと私には直観的に思われた。橘さんの祖父は、松川裁判を担当した最高裁判事の一人で最後まで有罪説を主張した下飯坂潤夫《しもいいざかますお》だった。後で親しい弁護士に聞いたところ祖父の下飯坂潤夫は、一昔前の弁護士だったら誰でも知っている高名な裁判官だったと言う。それは松川事件第一次上告審、第二次上告審でいずれも有罪説を採ったこと、そして第二次最高裁の多数意見が仙台高裁差戻判決（全員無罪）を支持したことに対して、尊敬する田中耕太郎長官の意に添うように激烈に批判したこと、それに対して無罪判決を主張した斎藤朔郎《きたろう》がその考えを補足意見で国民主権の立場から再反論したことなどが、判例史を学んだ多くの司法関係者の心に刻まて早雪の田舎の松川に身を寄せ早雪の世話になり、久しぶりに会った亜里沙と話した翌日に火事を起こして焼死してしまう。けれども亜里沙は父が自分に注いでくれた愛情だけは感謝し、祖父が晩年に高浜虚子系列の句会に参加したこと、死刑廃止論に傾いていったことなどに救いを感ずる。特に感動的な場面は、十年を獄中で死刑囚として過ごしたH（本田昇）に会いに行き、「祖父が裁いた、そして誤って裁かれたその人から、裁きを受けたかったのだ」と呟くところだ。そして亜里沙と早雪の愛憎や復讐心などが溶解し、父の愛人の子・亜美が産んだ少年に父の面影を発見し、「松川裁判」を語り継いでいって欲しいと願い小説は終わる。歴史的な判決文を書き上げた判事たちの家族の内面を問うた橘さんの小説は、様々な宿命の哀しみに寄り添って書かれており、広津和郎の『松川裁判』と共にこれからも読み継がれて欲しいと願っている。

今回の増補版は、二〇〇八年にランダムハウス講談社より発行されたが絶版となっていた『判事の家』の一部を修正・加筆し、新たに橘さんが敬愛する『松川裁判から、いま何を学ぶか――戦後最大の冤罪事件の全容』の著者であり、福島大学名誉教授・福島大学松川資料室の伊部正之氏の最新の論考を「補章――松川事件のその後」として収録し、文庫サイズの普及版として刊行された。さらに第七一回小説現代新人賞を受賞した、ベトナムのボートピープルをテーマにした小説『月のない晩に』も収録されている。

橘かがり（たちばな　かがり）略歴

東京生まれ。早稲田大学第一文学部西洋史学科卒業。戦後最大の冤罪事件で、最後まで有罪・死刑を主張した判事を祖父に持つ。

2003年　「月のない晩に」で『小説現代』新人賞受賞
2007年　『判事の家』（ランダムハウス講談社）
2011年　『焦土の恋“GHQの女”と呼ばれた子爵夫人』（祥伝社）
2013年　『扼殺～善福寺川スチュワーデス殺人事件の闇』（祥伝社）
2018年　『判事の家　増補版――松川事件その後70年』
（コールサック社）

コールサック小説文庫

『判事の家 増補版 ――松川事件その後70年』

2018年2月20日初版発行
著　者　橘かがり
発行者　鈴木比佐雄

発行所　株式会社 コールサック社
〒173-0004　東京都板橋区板橋 2-63-4-209
電話 03-5944-3258　FAX 03-5944-3238
suzuki@coal-sack.com　http://www.coal-sack.com
郵便振替　00180-4-741802
印刷管理　（株）コールサック社　製作部

＊装丁　奥川はるみ

落丁本・乱丁本はお取り替えいたします。
ISBN978-4-86435-325-0　C0093　￥900E